LES CRAYONS DE COULEURS

颜色去哪儿了

JEAN-GABRIEL CAUSSE

〔法〕让-加布里埃尔·科斯 著
焦君怡 译

著作权合同登记号　图字 01-2018-1548

Jean-Gabriel Causse
Les Crayons de couleur
© Jean-Gabriel Causse 2017
Current Chinese translation rights arranged through Melsene Timisit & Son Literary and Scouting Agency in association with Divas Intternational，Paris 巴黎迪法国际版权代理

图书在版编目(CIP)数据

颜色去哪儿了/(法)让-加布里埃尔·科斯著；焦君怡译.—北京：人民文学出版社，2020
ISBN 978-7-02-014862-2

Ⅰ.①颜… Ⅱ.①让… ②焦… Ⅲ.①长篇小说-法国-现代 Ⅳ.①I565.45

中国版本图书馆 CIP 数据核字(2019)第 014733 号

责任编辑	卜艳冰　郁梦非
装帧设计	钱　珺

出版发行	人民文学出版社
社　　址	北京市朝内大街 166 号
邮　　编	100705
网　　址	www.rw-cn.com
印　　刷	山东临沂新华印刷物流集团有限责任公司
经　　销	全国新华书店等
字　　数	186 千字
开　　本	787×1092 毫米　1/32
印　　张	9.875
版　　次	2020 年 7 月北京第 1 版
印　　次	2020 年 7 月第 1 次印刷
书　　号	978-7-02-014862-2
定　　价	55.00 元

如有印装质量问题，请与本社图书销售中心调换。电话：010-65233595

目 录

1
第一章 曾经,在蓝色的星球上……

31
第二章 或者,当黄色显现为棕色时

43
第三章 那天,所有的猫都成了灰色的

73
第四章 那天,树是蓝的,海是黄的

103
第五章 那天,人们意识到粉红葡萄酒事实上是橘色的

143
第六章 那天,人们发现了"绝对噪音"

165
第七章　那天，打开一瓶好酒的时刻到来了

189
第八章　那天，红色被证实是一种暖色

205
第九章　那天，一只老鼠受邀去野餐

233
第十章　那天，人们得知巴黎最富有的"厕所收费阿姨"
不是什么阿姨

269
第十一章　夜里，开始下起橙子、香蕉、苹果雨

285
第十二章　那天，人们得知彩虹有七十万种颜色

303
致谢

305
颜色与治愈（译后记）

献给用心看世界的他们

第一章

曾经,在蓝色的星球上……

第一部

一系列波长五百八十纳米的光线刺激着阿尔蒂尔·阿斯托的视锥细胞①。很快,一股激流穿过他的大脑,到达了视觉皮层V4区域②。

是绿色对他产生了这样的效应。更确切地说,是果绿色,那是他的女邻居佩戴的太阳镜的颜色。他不断地透过大开的窗户窥视着她,甚至不加掩饰。吸引他的,并不是她坚挺精致的胸部,也不是透过她微微敞开的轻薄罩衫之下引人遐想的曼妙身材,而是她在家,在自己的家里面,还戴着这副闪闪发亮的大眼镜。

就在距离他仅仅几米远的地方,她飞速地按动着自己的黑莓手机。这个年轻女子经常在她十四区不挂窗帘的公寓里走来走去,她穿得很少,却从不摘眼镜。已经有好多次了,阿尔蒂尔梦见自己轻轻地为她摘下眼镜,看到了她的双眸。梦就停在

---

① 视细胞分为视杆细胞和视锥细胞,能够将光刺激转变为神经冲动。其中视锥细胞具有辨别颜色的功能。
② 视觉皮层是大脑中负责处理视觉信息的部分,其中,V4区域是人脑对颜色的处理中心。

那里,他总是在这个时刻醒来。他经常在街区里遇见她,大多数时候,她都牵着女儿的手,小孩大约五六岁,不过,他从来不敢和她攀谈。他,从前充满自信,现在只是他自己的影子,黯淡无光。

出生起,阿尔蒂尔就是一位守护天神的小豚鼠,天神爱玩诡计,使他生得很"左"①,塞纳河的左岸②——以便让他早日明白文化的重要性——一个富裕的左派知识分子家中。天神甚至使他成为一个左撇子。并且,潜意识里,他一度觉得自己与众不同,和其他人都不一样。

这位左派的守护天神还表现出机智的一面,给了他一张漂亮的嘴巴,又在橄榄球赛中让他挨了几下,给他的鼻子塑了形。贝尔蒙多③式的侧颜为他增添了异性的爱慕,先是在圣日耳曼德佩的私立中学,之后在一所排名中等的商学院。他的守护天神还赐予他一项天赋,让他在自己从事的所有方面都能稍稍超出平均值,橄榄球、学业、职业生涯,天神在尽可能多的

---

① Gauche 在法语中除了"左侧"、"左派"之外,还有"笨拙"的含义。
② 塞纳河是流经巴黎的一条河,塞纳河以北被称为右岸,是高级百货商场、精品店和餐厅集中的商业区,塞纳河以南被称为左岸,聚集着众多大学和文化机构。
③ 让-保罗·贝尔蒙多(Jean Paul Belmondo),法国影星,出生于1933年。这里是说他的鼻子有些扁平。

项目上做了标记。作为负责一家新兴公司国际贸易的商务人员，他年过三十，志得意满。阿尔蒂尔没有孩子，没有稳定关系，他太以自我为中心，甚至于没有狗，也没有红金鱼。他仅有的爱好是琥珀色日本威士忌的藏品，还有累计航空里程的铂金卡。后者使他能够行走在全世界所有机场通往商务舱值机窗口的红毯上。在机场，每次经过那些在丑陋的灰色地毯上排队的乘客时，他都暗自得意。他深信不疑，认为其他人盯着他那一米八的皮囊，就像盯着一间微微泛着红晕的肉色样板间一样，想要置身其中。

后来，他的守护天神决定在他的羽翼上增添一抹色彩。确切地说，是一抹沥青的颜色。阿尔蒂尔先是爱上了一个女人，她抛弃了他，就像丢掉一只泛黄的旧袜子。在同一时期，他的父母决定重新安排各自的生活，分道扬镳。阿尔蒂尔选择中立。他的父亲经历了第二春，迷恋上一位可以作自己女儿的女人。至于他的母亲，出发去了印度，在一间冥想室里思考着人类的命运，再没有留给他任何消息。阿尔蒂尔开始喝酒。越来越多。既然没有了庆功宴，他干脆放弃了橄榄球。大开的绿灯渐渐变成最黯淡的深绿色。

仅仅过了几个月，他就失去了他的工作、他的朋友、他的自信和他的驾照，驾照是在他被扣留之后失去的，他的血液被检测到两克酒精。那两克酒精又让他多喝了二十多公斤的酒。

又过了三年，经历了无数次失败的面试之后，就业中心威胁他，如果他不出现在加斯东·克吕泽尔工厂的话，就要放弃他。那是一个位于蒙鲁日的生产彩色铅笔的老工厂，正在招聘一名业务员。阿尔蒂尔执着于在一家大型跨国机构中找到职位，但是，为了继续获得补贴，避免账户赤字，他没有别的选择。

加斯东·克吕泽尔工厂在战后有三百名员工，阿尔蒂尔出现在阿德里安·克吕泽尔面前的时候，工厂几乎少了三百人。阿德里安·克吕泽尔是创始人的曾孙，此刻他正绝望地寻找着一位救世主来挽回他的企业。

一次面试，当然啦，一切都在酝酿中。为了将他被聘用的可能降到最低，阿尔蒂尔把各种最扎眼的颜色穿在了身上：胡萝卜色的旧衬衫，旱金莲色的鞋子，鹅屎黄的裤子和天蓝色的袜子。他甚至把花里胡哨推向了极致，穿了一条茄子紫的内裤，又将一瓶普罗旺斯桃红葡萄酒一饮而尽，使面颊上也晕染了漂亮的颜色。

克吕泽尔在工厂入口处迎接他，让他跟在自己身后，一直走到办公室。第一眼看去，他就明白销售曲线不会因为这个求职者——一个爬楼梯气喘吁吁的小丑，而有所反转。

"阿尔蒂尔·阿斯托？我知道您已经三年多没有工作了。"

"我不是不工作。我从早到晚都在沉思。尤其在思考色彩!"

"什么?"

"是这样的,你就拿彩色铅笔来说,"阿尔蒂尔接着说,并且随意地用"你"来称呼他①,"比如那些天才画家,像马蒂斯、图卢兹-劳特累克,或者毕加索,他们都在自己的作品中使用过彩色铅笔。这些你都知道吗?"

克吕泽尔思忖着阿尔蒂尔是否在捉弄他,忽略了他的问题,以及他竟然对他以"你"相称。

"您申请的职位,职责在于提高我们彩色铅笔系列的销售数字……"

"多棒的职责呀!你知道'铅笔'这个词来源于古法语 créon,意思是'白垩'吗?"阿尔蒂尔特意停顿一下,突然用更加抒情的语调抬高声音朗诵,"他们用白垩创作。我们用铅笔创作!这里,就是创作的发源地。"

克吕泽尔的嘴张得更大了,在咽了一口唾沫之后,他用了"我们"这个词。

"谢谢,我们稍后会跟您电话联系。"

事实上,电话是就业中心的顾问打来的,她通知克吕泽尔,作为即将失去救济的失业者,幸好还有社会救助,选择雇

---

① 法语中,初次见面以及上下级之间,通常以"您"相称,以示礼貌。

用这个应聘者的企业几乎没有什么花销。

就这样,尽管并不情愿,阿尔蒂尔还是开始了他的销售代表生涯。他,一个曾经签订过多项国际合约的人,现在却无能为力,甚至无法说服街区里的文具店购买几箱加斯东·克吕泽尔的产品。每天早上,他一边起床一边发誓戒酒,每天晚上,他的誓言都被淹没在酒精里。他感觉自己被吸入了一个黑洞。

三个月后,克吕泽尔在办公室里召见了他,因为销售没有起色想要辞退他,阿尔蒂尔哭了出来。混合着酒精的眼泪顺着他的面颊流下来。真诚的泪水。这是生平第一次,他放弃了。他跌到了谷底,他知道。出乎意料,他喜欢这种找到自我、最终诚实面对自我的感觉。他放弃了自负,准备有所改变。
"我恳求您,"在用衣袖擤了擤鼻涕之后,他小声说,"请再给我一次机会。"

阿德里安·克吕泽尔没有感受到丝毫的怜悯,但还是留下了他。打算把他作为出气筒,随时可以给他点颜色瞧瞧。克吕泽尔派他监控生产线,让他的一部分工资与销售业绩挂钩,这样他付出的工钱就更少了。每天,克吕泽尔都带着一种不怀好意的喜悦看着这个白领穿着蓝色的工作服。阿尔蒂尔负责监控铅笔的生产,大部分时间,他都坐在高脚椅上。为了打发无聊，他用一台旋钮被摔坏的旧收音机标记出每天的节奏。这个金属音质的伙伴从早到晚滔滔不绝，在他的鼓膜里播放着法国国家广播电台综合频道的节目。

你们是否注意到在西方我们穿着的颜色越来越少？为什么这股黑白潮流会占领我们的衣帽间？一切可能开始于一八六〇年，在英国。爱德华七世，那时还是威尔士亲王，喜欢抽雪茄，但他的妻子抱怨烟草的味道浸透了衣服。于是他让裁缝做了一套特殊的服装，供他在伦敦俱乐部打牌和吸烟时穿。就这样诞生了吸烟装，英国的贵族们很快就采用了这种设计。在那样的时代，和侍从们穿同样的颜色是多么大胆的一件事！这种企鹅式的时尚很快就席卷了大西洋。十九世纪末，纽约人也大规模追随着这股潮流，使它成为了时尚晚宴和慈善盛会男士们的规定着装。直到今天，在戛纳电影节的红毯上，这也是必须的穿着。此外，看一看詹姆斯·邦德，世界上最优雅的男士，没有哪一部影片里他会不穿他那著名的黑色礼服。再来看一看今天我们的时装设计师穿什么，他们是时尚的代表。从卡尔·拉格菲尔德①，经由尚塔尔·托马，到马克·雅

---

① 卡尔·拉格菲尔德（Karl Lagerfeld），德国著名时装设计师，香奈儿的艺术总监，被称为"时装界的凯撒大帝"或"老佛爷"。

克布,他们都穿着黑色或黑白色。甚至让-保罗·高缇耶也放弃了他的海蓝风格,穿上了黑色礼服,戴上了黑色领带。

女士们也都如此吗?"一战"后,尽管为数众多的女人在为她们的丈夫服丧,但保罗·波烈式的鲜艳妆容仍然是女性的潮流。直到可可·香奈儿设计出她著名的小黑裙,成为一九二六年《时尚》杂志的封面。当然,这个颜色在当时引起了广泛的震惊。但是,一些女性,那些在"疯狂年代"[①]寻求自我解放的女士,从中找到了自己的品位。之后,比如演员奥黛丽·赫本和凯瑟琳·德娜芙,成为了小黑裙最美的代言人。对于卡尔·拉格菲尔德而言,这永远是"保持风格的原则中的原则"。

此外,好几种流行现象也影响了两性衣橱:哈雷戴维森的黑色机车服,还有性手枪乐队[②]高举的"没有未来"。亲爱的听众朋友们,我们的社会是否认为未来是黑色的?

下周见。

---

① "疯狂年代"是指"一战"结束之后,从1920年到1929年这段时间。
② 性手枪乐队是20世纪70年代英国最有名的摇滚朋克乐队之一,崇尚黑色。他们以尖锐的方式抒发对现实的不满,"没有未来"是他们的名言,一度成为当时所有朋克的口号。

制片人西尔维碰了碰她的肩膀，示意她麦克风被切断了。

"黑色，代表了'没有未来'？"西尔维重复着，"听起来好可怕！"

"如果这种威胁能够有助于人们多穿些色彩鲜艳的衣服，我会高兴的。"夏洛特一边打开她的黑莓手机，一边说。

西尔维刚好三十岁。大约十五年前她曾这样决定：让肉毒杆菌针剂来阻止时间的流逝。有一天，夏洛特请求触摸她的脸，她费了好大劲使自己不流露出生气的表情。尽管很标致，这张脸，在厚厚的底妆之下，还是显得变了形。"你美极了。"为了不使她难过，夏洛特撒了谎。

凭借语音提示，夏洛特得以迅速地在她黑莓手机的屏幕上显示出她昨晚连拍的照片。大部分照片取景不佳，但其中有一张，能够清晰地辨认出阿尔蒂尔，他的手里拿着酒瓶。

"我从窗口拍的这些照片。你看见了什么？"

"一个邻居色眯眯地盯着你。"

"他看起来怎么样？"

"像个性感的色情狂，"制片人接着说，蓝色的眼睛里闪过一抹亮光，"其他的女邻居如果受不了的话，早就在他的鼻子上来一下了。我喜欢……"

夏洛特生气地喊了出来：

"我能感觉到有人在场。"

"你脑袋后面有一双眼，比我们的眼睛更发达。"

"并不比那些能听到别人潜意识的人更厉害。"她一边说，一边调整了果绿色的眼镜。

夏洛特·达丰塞卡之所以成为最著名的色彩专家之一，首先单纯是因为不服输。在她进行神经科学高等研究期间，她的实习导师，一个她无法容忍的人，有天问她论文的选题，她毫不犹豫地回答"颜色"。

"您在开玩笑？"教授很吃惊。

"为什么要开玩笑？"她温和地反驳他，脸上带着同样温和的微笑，"您和我一样，都知道颜色只是幻象。它只在人们看着它的时候才存在，就像米歇尔·帕斯图罗[①]说的那样。世界上没有哪两个人看到的颜色是一模一样的。就我个人而言，我并没有被这种幻象侵入。于是我很幸运，拥有你们没有的评价空间。"

正是在那一刻，他的导师最终认可了她一贯的优秀，把她看作一个才华横溢的学生，而不再仅仅是个牵着导盲犬闲逛的

---

① 米歇尔·帕斯图罗（Michel Pastoureau），法国当代历史学家、符号学专家，1947年出生于巴黎。

漂亮盲女。他帮助她，鼓励她，超过了他为其他任何一个学生所做的。三年后，夏洛特进入了法国国家科学研究中心的大门，成为一级研究助理。几个月后，梅迪·托克，法国国家广播电台综合频道的总编辑，了解到这项非典型的研究，想要聘请她。他构思出一些科普专栏，报道有关色彩的最新科学发现，同时爆料一些大众感兴趣的趣闻轶事。在接受这份工作之前，夏洛特提出一个条件：电台不能利用她的残疾来炒作。她试播了一个月，在此期间，她的栏目成为了点播率最高的节目之一。

女儿出生之后，夏洛特在法国国家科学研究中心处于离职状态，以便尽可能多地照顾女儿。尽管她一如既往地拒绝研讨会和电视台的邀请，她在媒体上的声望仍然能够使她在众多杂志上发表文章，并且维持安逸的生活。她拒绝将主题聚焦在她失明的身体状况上，而不是关注色彩感知科学的前沿进展。

这样一来，只有电台的工作人员和与她亲近的人才知道，那个声音，比如说，"以纯粹的物理学观点来看，与我们的感觉相反，蓝色是一种比红色更暖的颜色"，那个声音，出自一个从来既没有见过红色也没有见过蓝色的人之口。

就像每天早晨那样，八点整，阿德里安·克吕泽尔出门前面对着一面玻璃橱窗再次梳理了头发，橱窗里存放着一代又一代全套的克吕泽尔彩色铅笔。他仔细地调整着长在左耳上方的一长绺栗色头发，把它移到右耳上方，散开。克吕泽尔竭力寻找着白头发，它们不那么容易脱落。我现在忧心忡忡，至少能够找出来几根，他自言自语。但是，没有，一根也没有。克吕泽尔的头发全部染过，就像秋天的树叶，止不住要脱落，颜色也像。他的梳子上粘了七根头发。透过窗户，树木就像一幅奇特的橘红色单彩画。

他调整了一下他的宽幅领带，上面带着海蓝宝石色和白色相间的条纹，然后，从占据着小工厂中心位置的玻璃办公室走了出来。

已经有四代儿童用加斯东·克吕泽尔的产品学习涂色了。四代人，除了最近的一代，他们更喜欢在苹果的平板电脑上涂色，或者使用由他们的父母所选择的中国制造的更便宜的彩色铅笔。

"我有种要上断头台的感觉。"他一边想，一边走下钴蓝色的楼梯。手里拿着为每个员工准备的一个牛皮纸信封。

"开会啦!"他喊道。

有六七个人驻守在厂房里,走到他们面前时,他压低了声音。

"我把你们都聚集起来是为了宣布一个你们早就有所洞察的消息。"

(所有人"洞察"到的,尤其是克吕泽尔特别喜欢在句子里点缀上很多浮夸的词语以此显示他的领导身份。)

"在破产在管的事态之下,为了保住我们的工厂,你们知道的,我已经尝试了各种不可能,就连那些没有必要的努力也做了。"

"感觉要出事了。"阿尔蒂尔小声解读着。

"毕加索,安静点。顺便给我关掉这个收音机!我说到哪儿了?嗯……对!你们害怕我们被跨国公司粗暴地接管。呃,这不会发生了!"他以一半胜利、一半失败的口吻说。"从技术上讲,我们从昨天开始就停止运营了。"他又压低声音补充道。

克吕泽尔让那绺不听话的头发遮住他因为担心将来而泛红的双眼。加斯东·克吕泽尔的冒险在他这里停下来了,但他的教养让他保持着老板的姿态。他还继承了卡布尔一座漂亮的庄园和山区的一幢木屋,这些给他提早到来的退休增添了一点点色彩。他一言不发地把棕色的信封分发下去。

"我们继续生产所有我们能生产的东西,然后就停下来。"他一边脱口而出,一边回到他的玻璃栖息地。

《世界报》官网显示

今天,世界上每卖出两辆轿车就有一辆以上是白色的。

七年前，夏洛特失去了她的拉布拉多小焦糖，经历了极大的悲伤。法国的九所导盲犬学校，由于缺少足够的捐赠，以及缺乏足够的家庭接纳小狗进行训练，在无法满足全部需求的情况下倒闭了。她知道还要等好多年才能再找到另外一只。不过，她深爱着她忠诚的伴侣，对此并不在意。为了悼念它，她决定独自去纽约庆祝新年。

夏洛特并没有因为自己的残疾而感到诸多不便。当然，她缺少一种感官，但其他四种感官如此敏锐，以至于她的主要问题是不得不面对她所遭遇到的"明眼人"的怜悯的目光。当有人美化她为"失明者"时，她会纠正这个称呼，很肯定地说自己更喜欢"盲人"这个词。对她而言，委婉语恰恰只是表现出了对方的尴尬。夏洛特对自己的状况一直不以为然。

在时代广场，在成千上万的人中，她倔强地折叠起自己的白色手杖，把它放进斜挎着的包里。这里的气氛随意、愉悦、无忧无虑。午夜时分，新年的祝福从四面八方涌来，混合着各种语言。根据嗓音，一个二十岁上下的年轻人，对她喊出了"新年快乐"，带着布朗克斯口音，她回应了他，以此作为交流和结识的开始,但他已经走开了,有节奏地向擦肩而过的每个人祝福。他不是一个人。低沉的、尖锐的、年轻的、上年纪的所有声音,都在重复着同一句"新年快乐"。夏洛特很久以来就憧憬着这个时刻。然而,此刻这个不和谐的音节使她感到不舒服。这使她想起乐师们在音乐会之前调节乐器的声音。走音的调调。之后又变得可笑起来。每一声祝福都像耳鸣一样,折磨着她的耳朵。零点十分。聚集的人越多,她越感到孤独。最可怕的孤独便是如此,置身于人群,却感到孤独。她不想再像这些鹦鹉一样学舌。她想离开,回到她的酒店。她打开手杖,迈着决绝的步子走向远处,手杖末端的白色橡胶保护套碰触着人们的鞋子,那些或多或少有些醉意的正在狂欢的人。她来到一条相对安静的街道。心跳慢慢恢复平稳。随着噪声减小,她感到自己轻松了一些。

刹车声响起。一个声音,透过打开的汽车车窗,带着浓重的印度口音向她打招呼。

"要车吗?"

她辨别出香水的味道,是迪奥的清新之水。从车里,断断续续向她传来了一曲巴西音乐。一个出租车司机,很可能是印度人,生活在纽约,喷着法国香水,听着巴萨诺瓦[①]。这就是她

[①] 巴萨诺瓦是一种融合巴西桑巴舞曲和美国酷派爵士的"新派爵士乐"。

在旅途中所要寻找的：不期而遇。

"是的。"她一边简单地回答，一边毫不费力地抓住了车门的拉手。

她感觉很好，慵懒的音乐抚慰着她。开到最大的暖风，与外面的严寒形成了对比。她哪儿都不想去，除了这里，出租车里。

"去哪里？"司机的声音响彻了夏洛特的身体。

她一字一顿地说：

"你的怀里。"

他们在出租车的后座上环游了世界，伴随着高潮经历了几次急转弯。九个月之后，露易丝出生了。夏洛特甚至不知道父亲的名字。她只是从自己包里一直保存着的一张黄黑相间的卡片上知道他叫做 A. 库拉马里。A 代表 Abha，阳光？也可能是 Abhra，云？或者是 Arvind，红莲花？

一天，她决心要与女儿的"播种者"再次联系。好奇？异想天开？感激？还是负罪，毕竟她没有经过他的同意，就"借用"了他异常活跃的精子？在内心深处，她知道有一天，露易丝会提出**那个**问题。一定会。眼下，夏洛特还没准备好答案。告诉她真相，若是她试图结识他，那就可能会在那个纽约人的家庭中引起轩然大波？或者向她撒谎，声称自己不知道谁是她的父亲？

西尔维注意到护照从夏洛特的手提包里露了出来。

"由你爸爸来照顾露易丝?"

"是的,他来家里住几天。"

"你太幸运啦!我也好想亲眼看看纽约。"

"实话说,我感觉自己就像吞了一个铁球。"

"你什么时候见他,你的印度帅哥?"

"明早凌晨落地后。他来机场接我。"

"他知道你是谁?!"

"当然不知道!我假装乘客给他打电话,订了他的车。"

"你订了酒店,还是睡在他的车里?"西尔维故意捉弄她。

"讨厌!"夏洛特一边说,一边掐了掐女制片人的胳膊,"我不知道下周我能不能回来!"

"随你的便!反正你已经提前录了十几期节目。哎呦!我的胳膊!"

阿尔蒂尔，尽管有所准备，还是感到震惊。他看了看，没敢打开放在旧收音机旁边的牛皮纸信封。他把收音机的声音开到底，朝生产线开端的烧锅走去，它们用来制造铅笔笔芯。每口烧锅都用来制造一种颜料。这二十四口巨大的铜质平顶烧锅有着一百年的历史，里面正用小火煮沸着最后储存的添加剂、树脂胶和蜡。但是还没有加入彩色颜料，它们在烧煮的最后阶段才被添加。

储物架那里只剩下几块雪松木板，在迅速清点之后，阿尔蒂尔从中推断出，他们最多能够制造差不多一千支左右的铅笔。然而还有大量的颜料，带着透明玻璃纸包装，细致地按照彩虹的顺序被分好类。

这是彩色铅笔制造中成本最高的部分。出于经济利益的考虑，克吕泽尔要求大家稍稍减少颜料的剂量。铅笔的质量因此而受到影响。这样一来，上色时需要更多次的反复涂画，但是并没有人因此而抱怨。

阿尔蒂尔等待着沸腾的水从烧锅里蒸发，当糊状物的硬度在他看来达到完美的时候，他在第一口烧锅中注入克吕泽尔要求的剂量，也就是七百五十克颜料。但是，他又改变了主意，决定把所有的存货都倒进去，黄色颜料，那是十二公斤。比克吕泽尔这个吝啬鬼要求的多十五倍！阿尔蒂尔想要漂亮地结束工作，他暗自想，至少最后一批铅笔将是质量上乘的。

其他的二十三种颜料，他也如法炮制。

阿尔蒂尔在生产线上将第一口烧锅翻转过来。糊状物在这个阶段还是白色的，落入了搅拌机，然后被压紧，又进入挤压机，挤压机把它压成了笔芯。

糊状物于是逐渐具有了笔芯的形状，滑落在传送带上。它被浸入能够使颜色显现的化工蜡之中。加入这么大剂量颜料的笔芯会怎样呢？阿尔蒂尔对此有些担心，他吃惊地发现，尽管有些晚，他竟然这么有职业道德。笔芯慢慢转为浅米色，然后是乳白色，然后蛋壳色，然后硫黄色，然后黄水仙色，直到变成了纯黄色，闪闪发亮。经过了十米左右的距离，它们此刻拥有了令人难以置信的饱和度。每一种颜色的笔芯都发生了同样的奇迹。蓝色的密度超过了天青石的密度。红色、粉色、黄色、橙色、紫色……每种颜色都像大海一样深沉。

阿尔蒂尔沿着流水线走。笔芯每十八厘米被切成一段，一根一根与加利福尼亚雪松的木片相遇，木片在竖直方向上有凹槽，并且被涂上了胶。每根笔芯刚好落在凹槽里。第二片木头薄片在上方黏合，就像棺材的盖子盖住了它。

稍远一点的地方，一台机器把它们整个刻成六角形，削尖笔芯。最后，一台打印机在铅笔上打印出加斯东·克吕泽尔的商标。制成的铅笔落入一个容器里。索朗热在生产线的末端，一支一支地检验它们，并把它们按照明确的顺序排列起来，放入盒中。工厂里资格最老的这位女工小心翼翼、全神贯注，动作比往常要慢一些。就像每一天那样，她闻着木头的香味，混合了化学制剂和颜料的味道。这种气味在她第一次来工厂时曾让她感觉不舒服，那是三十年前的事。但是后来，它成了她的毒品。她问自己能不能戒得掉。每个周末，她都会想念这种味道。它的缺失唤起了她的孤独感。索朗热六十岁上下，不怎么引人注意，不漂亮，也不难看，中等身材。她的衣着打扮并不花哨，说话总是很有分寸，这使她具有"穿墙人"的一面，人们总要特别留意才能确定她的存在。但今天例外，她每一次呼吸都伴随着长吁短叹。阿尔蒂尔找不到更好的方式去安慰她，除了不时地递给她一张纸巾。

阿杰伊登上他的出租车，发动了一九八二年版的切克马拉松，这辆车来自这个车型的最后一批汽车，由密歇根州的卡拉马祖公司制造。每分钟八百转。他任凭引擎发出嗡嗡声，闭上了他的杏眼，在合拢的眼睑之间看到一个紫色斑点随着发动机的节奏闪烁着。他的双唇在平静的面颊上微微凸出。感觉好极了。发动机变热。每分钟八百五十转。斑点继续出现在他面前，一点一点染上了紫红色。阿杰伊依然闭着眼睛，确认变速箱停止不动，缓慢加速。每分钟一千转。棕色的斑点立刻转为了橙色。和他嗓音的颜色一致。阿杰伊继续加速。颜色变化很快，几乎包括了光谱的所有颜色。每分钟四千转，斑点变为铁蓝色。阿杰伊从来不敢超过黄绿色，差不多每分钟五千转，不能让他的老发动机太累。如果踩到底，他猜想，大概他会看到黄色。但是要看到这种颜色，他只需要睁开眼睛，欣赏他的汽车车身。

阿杰伊发现自己具有联觉①的天赋是在青少年时期。确切地说，是在那一天他才知道其他人不具备这样的能力。这种神经学现象关联到好几种感官，只有百分之四的人具有这种能力。有些联觉是颜色与字母，或者与数字，还有一些与月份关联。人们能够找出一百五十种不同的形式。对阿杰伊来说，某些特别的声音与颜色相关联。这被叫做光联觉。一些音乐家，比如钢琴家米切尔·派卓西安尼，或者作曲家亚历山大·斯克里亚宾都是联觉者。阿杰伊自己无法解释。科学也同样不能。数学家们徒劳地试图在颜色的波长和声音的波长之间找到某种联系。神经科学也没有给出更多的解释。

　　二十多年前，年幼的阿杰伊在纽约度假。他来自德里的富裕家庭，他的父母每年都会花钱全家出门旅行。他们对曼哈顿的高楼赞叹不已。而他则被这种老出租车引擎的声音所吸引。再没有别的声音能引起如此美妙的颜色，如此强烈，如此饱

---

① 联觉是一种具有神经基础的感知状态，表示一种感官刺激或认知途径会自发且主动地引起另一种感知或认识。阿杰伊具有的是声音-颜色联觉。

满。宿命一般。这个富有的小孩，印度王公家族的远房后裔，将会成为纽约市的出租车司机。这让他的父母很长时间都觉得好笑，直到有一天他们知道他并没有开玩笑。他们不再觉得好笑了，再也不觉得。他们放弃了他，只给他留下了一张机票、一辆出租车和一笔出租车营运执照的钱。

他的父母之所以反应过激，是出于这样的原因：他们的家庭属于刹帝利的军事贵族。儿子屈尊从事锡克族不允许的职业，这是他们无法忍受的。

阿杰伊对此并不在意。二十八岁时，这个体态修长、茶色皮肤的年轻人对自己的命运感到很满意。他现在是富有的，拥有数以百万的颜色。今天的他从父母那里遗传过来的全部，就是对于旅行的热爱。每年，他都会收拾好行囊离开，用一周的时间去世界各地，看看听听那些新的颜色。

阿杰伊不情愿地睁开眼睛。必须去工作了。三天以来，他有点困惑。一个女客户打电话向他订车。她声音的颜色和他在某个跨年夜遇见的一个盲女的声音颜色一模一样。一种他几乎忘不了的颜色。某种微微泛着粉红的紫色，当汽车的转数表精确地指向每分钟一千六百五十次的时候，他能重新感受到那种颜色。到了下午，他就该去机场接这位女客户了。

阿尔蒂尔看见克吕泽尔正在带一个面容阴郁的人物参观工厂。一位救助者?

"那里,是全自动一体机,它能生产铅笔。"他向陌生人解释道,有好几次这个人并没有认真观察的意愿。

克吕泽尔向着索朗热的肩头弯下腰,从库存中抓起一把铅笔。笔芯颜色的浓度让他感到吃惊,他仔细地审视着,没有做任何评论。

一个长着双下巴、三层肚皮的送货员走进了工厂,头上戴着印有韦氏柏[①]商标的头盔。他一推上头盔的面罩,阿尔蒂尔就认出了他,是默默,他在酒吧的一个酒友,来送包裹。他轻轻挥手向默默打招呼,默默转向了他,并没有脱下玉米色的头盔。默默是怎么做到不出事故的?即使在早餐时间,他的血液里就已经流淌着一杯酒。况且,那辆乳白色的韦氏柏能承担他的体重已经是个奇迹了。克吕泽尔走向他,默默把一支笔递给

---

① 韦氏柏(Vespa)是一款踏板车的品牌,公司位于意大利。

他让他签收,但是这支笔却不能用。克吕泽尔在他的铅笔中选了一支红色的。

"留着它吧,"在潦草地签收之后,他对默默说,"我的铅笔,它们从来不会坏。"

阿尔蒂尔看着他的伙伴迈着重重的步子离开了工厂。他没有注意到经过他面前的小速率运转的传送带上,最后一支黄色的铅笔,它的光芒让人联想起迪士尼卡通片里装金币的盒子。他没有看到它远离,落入索朗热面前巨大的容器里。这是加斯东·克吕泽尔工厂生产的最后一支黄色铅笔。

第二章

或者,当黄色显现为棕色时

"黄色！黄色？黄色……"阿杰伊用不同的语调重复着，呆呆地立在他的出租车面前，手里拿着一块抹布。刚刚，他把一名乘客送到布鲁克林，然后把车停在麦当劳前，下来喝茶。每一次，他都觉得这里的茶水令人反胃，坚信家乡的茶要更好一些，每一次，这个想法都让他兴高采烈。阿杰伊走出快餐店时，在分外苍白的路灯下，他的车不见了踪影。他朝停车场的入口处跑去，视线里空无一物。有人偷走了他用来糊口的带轮子的家什。记忆里他停车的位置此刻被一辆浅灰色的汽车占据着。是同款的切克马拉松，车顶的双面广告牌是相同的，用来按摩腰部的木质座套也是相同的，还有同样的象头神塑像，一部分被仪表盘上方他妈妈的照片遮挡着……这个优雅漂亮的印度女人狡黠的微笑似乎在对他说："瞧？不懂了吧？"

突然间，他明白了。这就是他的车，但是变了颜色，变成了灰色。一个解释迅速闪现在阿杰伊的头脑中：有一台隐藏的摄像机。有人正要跟他开个善意的玩笑。他会上电视。阿杰伊寻找着摄像机，但什么也没有。他刚好看见麦当劳的标志，字母M也褪去了颜色，但他没时间去想这些。绝望的他从后备厢拿出一块抹布开始擦车，车身固执地不肯恢复颜色。阿杰伊足足这样坚持了五分钟，不断重复着"黄色"。他爬进了汽车，但没法开得更快，以每小时十英里的速度离开了停车场。然后他保持着一档，把速度加到最大，提高转数。老旧的引擎因为突如其来的虐待而发出不满的声音。阿杰伊以每小时六十英里的速度行驶在高速路上，前往肯尼迪机场。发动机每分钟五千转。他闭上眼，看见黄绿色的斑点又出现了。他把脚踩在油门上，每分钟六千五百转。发动机怒吼着。阿杰伊也是：斑点变成了黄褐色。他抬起眼皮，在猛地冲向前面那辆车之前，几乎站立在刹车上。"黄色。"他又一次咒骂着，把车停在休息带。

与此同时，皮尔丽特·索尼娅克，已经退休的前星级主厨，正从她的雪铁龙 2CV 老爷车①里出来，抱着一箱清晨在伦吉斯买的柚子。水果带着脏脏的米灰色。她咒骂着菜农，决心去索要商品赔偿。

与此同时，德夫·马赫，3M 法国公司②经理，从一个蓝绿色盒子里取出一粒白色抗焦虑药丸，倒在手里。他一面紧张地将它吞下，一面注视着圣旺-洛莫讷仓库里存储的一千八百吨左右的黄色便利贴变成了灰色。

与此同时，吉尔伯特瞪了他的妻子一眼。她为他准备的午饭，盘子里的鸡蛋，就像她在中国——她的家乡，享用的毛鸡

---

① 2CV 是 1939 年雪铁龙公司生产的一款实用型小型轿车，便宜耐用，外形类似大众甲壳虫。
② 3M 公司，全称明尼苏达矿物及制造业公司，创建于 1902 年，总部设在美国明尼苏达州，是世界著名的产品多元化跨国企业，经营范围涉及包括办公用品在内的众多领域。

蛋一模一样。

与此同时,一架法航的飞机在纽约的肯尼迪机场落地。夏洛特利用这个时间打开了手机,她的手机很快震动了两下以示提醒。

《世界报》官网显示
"黄色消失了",她听到一个金属质感的声音。

与此同时,在她前方几米处,一位惊恐的乘客发出一声呼喊。

"你的头发,亲爱的,它们都变灰了!"

"黄色"这个词在所有乘客的口中焦虑地响起。夏洛特在包里翻了一会儿，找到了她的钥匙串，上面挂着一只小小的毛绒金丝雀。这是她的女儿在一家饰品店里挑选的。她把它从包里拿出来，全神贯注地抚摸着它。柔软极了。它的材质使它具有丝一般的触感。"对我来说，还是同一只金丝雀。"夏洛特得出了结论。

她把自己的物品整理好，折叠起白色的手杖，随着人潮往飞机外面走，同时试着理解到底发生了什么。

夏洛特的电话震动了。

"天哪！你终于到了！"西尔维慌慌张张地说，"你知道发生了什么吗？黄色消失了？"

"消失是什么意思？"

"所有曾经是黄色的东西现在都变成了灰色。"

"这不可能！"

"编辑部里已经乱作一团。你得在广播里做现场直播。"

"但我没有任何合理的解释。"

"你有没有关于黄色的有趣的故事?"

"没有。"

"我相信你有!四分钟后开始直播。"

夏洛特摸索到空座位,重新坐下。这个位置宽敞了很多。显然是头等舱的座椅。

"您好吗,女士?"一个女性的声音向她提问。

"不!嗯……请给我一杯水。"她故意这么说,好让乘务员走开。

她感觉到汗滴试图从皮肤的每一个毛孔中渗透出来。不能怯场。夏洛特深深地吸气、呼气。减缓呼吸的技巧会让她重新找回自己的聪明才智。突然,吸一口气:一个灵感!

夏洛特做了几个表情,活动了几下,使颌骨活跃起来以便能够很好地发音。

电话里,她的专栏开始播放片头。

夏洛特吸入新鲜空气,充盈着肺部,拉长了嘴角,做出微笑的表情。

科学界震惊了。黄色不复存在。目前没有任何合理的解释。不过,它或许恼怒了,因为在很多文化中它被看作最不漂亮的颜色。是的。笑容如果是黄色的,那并不表示开心①。这也是妻子出轨的丈夫和犹大衣服的颜色。这还是纳粹特意选择用来标记犹太人的星星图标的颜色。

然而，也有些人觉得这种颜色很漂亮，比如某位约翰·赫茨。刚好一个世纪以前，黄色使他发了财。这个人在二十世纪初经营着一家芝加哥的出租汽车公司，那时车身是黑色的。由于车辆的刹车和悬挂系统在那个时候质量低劣，事故频频发生。当赫茨有机会在纽约开办出租汽车公司的时候，他试想，如果他的出租车能够在距离很远的地方就被行人和其他汽车驾驶员注意到的话，就会减少很多事故。于是，他寻找着最醒目的颜色。令他颇为吃惊的是，最醒目的颜色，并不是黑色和白色，而是黑色和黄色。他因此为他的新车队选择了这两种颜色，并且创立了"黄色出租车"这个公司。近期在新加坡进行的一项研究表明，岛上的黄色出租车能够比深色出租车减少百分之九的车祸风险。这是一个在路上可以救命的颜色。

回来吧，黄色，回来吧，拜托！我们喜欢你！而我呢，我也会回来的，亲爱的听众朋友们，一旦我们为这个既震惊又神秘的现象找到一个科学的解释，我就会回到你们中间。

---

① 法语中"黄色的笑"意为苦笑。

这个时候，乘务员端着一杯水走近了她，提议陪她离开机场坐上出租车。长长的走廊。海关。行李提取处。来到大厅的时候，气味一下子丰富了很多。食物、咖啡、香料的味道，这些味道无法掩盖疲惫的旅客们的汗液味道。

随着越来越靠近那些只谈论黄色的人，夏洛特嗅到了酸性气味，那是记号笔的味道，出租车司机用来在白板上写下接站乘客的名字。夏洛特忘记了黄色。她立刻感受到一阵揪心。这一天她等了七年。七年来，她一直问自己，与露易丝的父亲建立联系是不是一个好主意。无论如何，他认出她的可能性极小，她骗自己说。而且，如果不介绍自己更好的话，她也可以这么做。

一轮泛白的太阳发出乳白色的光芒，穿透了阿杰伊出租车的车窗玻璃。七年以来，他第一次在汽车后座上陷入了睡眠。更确切地说，是陷入了噩梦。他看到黄色在所有的地方都消失不见了。萦绕在他脑海中的是他早已完全遗忘的长尾豹马修①。那是很久以前他的父母在法国旅行时带回的礼物。梦中，马修在巴黎一家大商场的橱窗上凝视着自己灰色的倒影，接着，他跳上奥斯曼风格的大楼，又在一个褪了色的信箱②前弯下腰。

　　电话铃声吵醒了他。一个陌生的号码。可能是他要去肯尼迪机场接机的乘客，他猜想。阿杰伊摇下车窗，向外俯身，看了看汽车的车身。依然像斑鸠一样灰。"阿杰伊"在印度语里的意思是"不可战胜"。今天他担不起这个名号。他把电话丢在一旁，再次把自己埋进上衣躲避阳光，很快又睡着了。他的灰色马修向他做了一个难看的鬼脸。

---

① 《长尾豹马修》是比利时漫画家创作的法语漫画，主角是一只像猴子一样手指灵活、尾巴细长的猎豹，外表可爱，身手敏捷。
② 法国邮政的标志性颜色是黄色。

第三章

那天,所有的猫都成了灰色的

阿尔蒂尔盯着最后的铅笔从传送带上经过。讽刺的是，它们是绿色的，希望的颜色。他转过身，面向他的老板，在他面前伸开双臂，向他表明从此往后二十四口不同颜色的烧锅都空了。最后的笔芯落入了它的木槽坟墓。它在传送带上前进着，到达索朗热那里，索朗热装好了最后一盒二十四色铅笔，它们闪耀着无可比拟的光芒，如果不算现在变成灰色的黄色。索朗热红着眼睛，手里紧紧攥着最后一盒彩色铅笔。阿尔蒂尔关掉了机器。沉默震耳欲聋。他走近她，把手放在她的肩头安慰她。他从存储箱里拿出一支孤零零的粉色铅笔，在装配线的工作日志上画了一个悲伤的表情，在旁边写下了最后的工作总结："十五点二十九分，游戏结束。"

他把这支彩色铅笔别在耳朵后面，模仿着肉店老板的口吻逗索朗热笑。

"不要别的，就这些了吗，索朗热夫人，我做了什么惹您生气？"

霓虹灯渐渐失去了它微微泛着绿光的黯淡颜色，变得越来越苍白。与此同时，阿尔蒂尔画下的悲伤表情慢慢从粉红色变成了浅粉色，接着是米色，然后是灰色，最后变成了浅灰色。他遇见了克吕泽尔，克吕泽尔原本苍白的皮肤，此刻失去了所有的饱和度。

与此同时，在法国广播电台的办公室里，西尔维用反感的神色盯着梅迪·托克昨晚送她的爱马仕包，就像掺了水的酒。"橙色甚至连一天都坚持不了！我敢肯定他送我的是冒牌货，混蛋！"

与此同时，在法国国家高尔夫球场的第十八号洞口，同一个梅迪·托克，被脚下"生病的"绿色分散了注意力，失掉了他的小鸟球。

与此同时，吕西安，夏洛特的父亲，关掉又重新启动了他的苹果电脑。电脑的背景图片显示的是一艘在塔希提礁湖上漂浮的帆船，现在突然变成了黑白色。"不是说苹果电脑不会中病毒吗？"他咒骂着。

与此同时，在巴黎圣母院，巴黎大主教克制着自己，不把圣杯里的"基督之血"吐出来，它在信徒们的面前，变成了黑咖啡的颜色。

与此同时，夏洛特在肯尼迪机场，察觉到喧哗声更大了。越来越吵闹。她听见各种嗓音发出"我的天哪！我的天哪！"的声音。乘客们的恐慌逐渐加剧。

几秒钟之后,在某个购物中心的一家Zara①门店内,十几部智能手机同时震动。一位三十岁左右的顾客,白衬衫,黑领带,第一个读到了《世界报》网站的警报:"所有的颜色都消失了。"

他环顾四周,迷惑不解,原因不言自明:周围陈列的衣服是黑、白、灰三色的,商场的地板上笼罩着一层灰白色,同样的灰白色还填充着空白的墙壁。一切和平常没有什么不一样。男人忘记了警报。他试穿了一套浅灰色的修身款西装,在镜子前转动身体,想确定上衣是否能长及臀部。裤子裁剪得还算不错。他思索着,犹豫着,几次改变主意,最终决定放弃购买。这套衣服显得他脸色发灰。他从门店里出来,走在铺着黑色方砖的长廊上,经过了几扇橱窗。所有的白色服装展示模型都套着或深或浅的黑灰色衣服。他与几个从头到脚穿着黑色时装的时尚达人擦肩而过,搭乘金属质感的灰色电梯下到停车场,走近了他的黑色汽车,汽车的皮质内饰也是黑色的。在白色的灯

---

① 西班牙时装连锁零售品牌。

光下，他离开了四壁都是粗制混凝土的停车场，驶上了盘旋上升的坡道。在他打开收音机的那一刻，一个记者慌乱的声音正提醒人们注意，我们尚且不能想象颜色消失之后的全部后果。他皱了皱眉头，还不能完全理解究竟发生了什么，继续行驶在两座大楼之间的车道上，大楼与天空是同样的颜色，灰蒙蒙一片。他注意到信号灯发出的一束强光，没有刹车就径直开了过去。他不停地跃过灰色的信号灯，突然撞上了从左边冒出来的一辆汽车。他看到的最后一幕，是黏稠的黑色液体喷溅出来弄脏了他白衬衫的袖子。

卡尔·拉格菲尔德晚了一个小时才到达他的工作室，怀里抱着一大束花。

"姑娘们，快看我这些玫瑰花！我终于找到黑玫瑰了。愚蠢的土耳其政府在幼发拉底河上建造大坝，河水淹没了哈尔费蒂村落，就在那一天，黑玫瑰消失了。那是世界上唯一一个能够生长真正的黑玫瑰地方！土壤中的养分使花瓣像深黑色的丝绒一样，能够吸收充足的日光。完全就像它们这样！看这些美人！"他一边说，一边朝一个水晶花瓶漫不经心地瞥了一眼，"太棒了！"

卡尔忽略了他的迷你冰箱里储存的十几罐健怡可口可乐，从里面拿出一瓶路易王妃水晶香槟，好几个月来，他一直等待着一个畅饮的时机。

"你们知道吗，黑色是艺术最原始的色彩！一万八千年前，在拉斯科洞穴内，小动物们都被画成了黑色。终于，我们的世界回归到美的源头了！"他用欢快的语调说着。

他好像在对他的设计师们说话，其实是在对自己说。况且，他的手里只拿了一个香槟杯。

"结束了,再没有穿着恶俗颜色的俗人们!"他一边说,一边将双唇浸入半透明的香槟中。

人群自发地聚集在巴士底广场上。形形色色的音乐家和艺术家、哈雷戴维森车手、哥特爱好者、建筑师、设计师、室内装饰师、广告设计师,总之,那些很久以前就已经穿着一身黑的人都在那里。如果有路过的人不知道颜色消失的事情,来到这里,他一定不会注意到有什么特别之处。这次自发游行的色调终究与我们这个时代所有西方人游行的色调大抵一致。阴沉的天空下混凝土广场上由灰转黑的一幅单色画,在巴黎没什么太特殊。巴黎人的面色也是如此,和天空融为一体。

就像每天下班之后那样，阿尔蒂尔推开了离他家一百米远的一家老面包店的门。棍子面包跟石头一样。我应该去喝点，他一边想一边折回，售货员露出失望的神色。

索朗热回到了她在蒙鲁日的小房子，无精打采地面对着餐桌上的格子桌布，用指甲刮着原本是深绿色的小方格，指甲上涂着灰白色的指甲油。

默默在他的韦氏柏油箱里加了几滴油，然后停住了。他寻思着这些油看起来就像巴旦杏仁糖浆，会不会弄脏化油器。

吉尔伯特核实了子弹已经从黄铜色变成了铁灰色，就没有在他的伯莱塔手枪里装入 9×19 的帕拉贝鲁姆手枪弹。一经确认，他就把自己黑色的手枪放回了枪套里。

克吕泽尔迅速走向他的私人铅笔库。他担心不能把最后的存货贱卖给收购处理品的商家。他烦躁不安地依次检查着它们。然后放弃了。

　　巴黎大主教盯着穿灰色裙子的圣母玛利亚。她双手合十，好像在祈祷让颜色都回来。他画了无数个十字，然后戴上了他的灰色冠冕。

西尔维迅速来到电台卫生间的镜子前。她惊愕地发现,自己那双曾经让所有情人都着迷的薰衣草色调的蓝眼睛,现在却变成了黯淡的颜色。她感觉自己就像被截肢一般。她用她的"口灰"涂了涂嘴唇,发现更难看,马上又擦掉了。只有一个好消息,她脖子上的色斑在水泥色的皮肤上几乎看不见了。她见到了刚刚从纽约乘第一班飞机回来的夏洛特。梅迪·托克给她打了电话,不给她选择的机会。"情况危急,我们需要你!"夏洛特从中看到了命运的启示。女儿的**问题**要暂缓一下。她一小时也不能在美国的土地上耽搁。一回到巴黎,她就直奔法国国家广播电台的办公室为早间的节目做准备。

她用指尖触摸着布莱叶盲文,最后一次阅读她在返程的飞机上所做的笔记。西尔维一直陪她走到了大播音室。

整个编辑部形势紧迫。梅迪·托克亲自参与了访谈。一位部长被取消了邀请,可以看出事情何等紧急。今天是星期四。黑色星期四。她能感觉到周围的骚动和紧张,猜测就坐的至少有五个人。她仅仅能辨认出总编一人,他就坐在她身边。她闻到他的香水味，与他老式的法国范儿很相称。电台的小道消息传说他是个低调又殷勤的花花公子。

"三分钟后直播。"她在与控制室相连接的耳机里听到。

"夏洛特·达丰塞卡，既然您是专家，那么，我们究竟发生了什么？"总编没有开场白，直接提问。

夏洛特特意停顿了半秒钟，以此给她的回答增加一些分量。

"我们可能全都患上了全色盲症。在这个残忍的词背后隐藏着一种病理，其症状是无法感知色彩。这种病症比我们所能想象的要常见得多，通常来说，是先天性的。例如，在密克罗尼西亚的平格拉普岛和波纳佩岛，大概每十个人中就有一个人患有这种疾病。在欧洲，大概每三万人中就有一个全色盲患者。他们当中有一位相当有名气，一位西班牙裔的英国艺术家，名叫尼尔·哈比森，现在生活在纽约。为了弥补这一缺陷，他让人在他的大脑中移植了一个网络摄像机，摄像机装有能够将颜色转换成声音的软件，从而使他能够'听到'颜色。并且，在身份证的照片上，他就带着他的'机械眼'，这使他成为第一个被英国官方正式承认的'电子人'。"

"很好，但是我们……昨天还能够看到色彩！怎么会有如此突然的转变？"

"有很多由于大脑病变使人成为色盲的案例。或许这种疾病已经变异，变得极度具有传染性。就像由某种未知病毒引起的流行病。现在谈论它还为时尚早。"

夏洛特不经意地使用了专业性很强的措辞,忘记了栏目一贯的轻松口吻。

"为了更好地理解颜色的感知,人类的眼睛拥有两大类细胞:视杆细胞,对光敏感,还有视锥细胞,能够感知颜色。"

"但是为什么我们的视锥细胞要耍把戏呢?"在转换话题之前,记者差点这么问。

但是时间紧迫。他只是说:"然后呢?"

"要知道视锥细胞比视杆细胞少十倍。它们也没那么敏感。因此,在昏暗中,你们能看清形状,却看不清颜色。"

"晚上,并非所有的猫都是灰色的。这只不过是因为我们的视锥细胞在睡觉!"访谈有点太专业了,总编感觉不得不加上这句话。

"完全正确。并且,用您的话来说,最后睡着的,是蓝色系。这就是为什么,在电影里,一项经典的模拟夜晚的技术就是在摄像机的镜头上放置蓝色的滤光器。我们叫它'日光夜景'。"

"那么,为什么我们的视锥细胞不再苏醒?"

"很有可能是因为我们的大脑皮层不再解码信息。颜色的交杂主要在枕骨区域处理,位于脑后部。"

"您是说我们不是用眼睛看东西,而是用颈背看东西?"
"正是。"
"那么,在您看来颜色消失会带来什么后果?"
"但愿这不会持续很久。"她这样回答来逃避这个问题。

第二天,夏洛特走进了女儿的房间。听到女儿均匀的呼吸声,她知道,尽管收音机正在声嘶力竭地报时,露易丝却还在熟睡。早上七点。夏洛特的眼睛带有缺陷,但她能够轻微地感受到阳光,它们正局部地刺激着她的视杆细胞。未来属于那些睡懒觉的人,她自言自语。收音机里,受邀的听众们正针对一个主要话题发表各自的意见:灰眼睛的布拉德·皮特是否依然性感?

那么,颜色还是没有回来,她做出了结论。黄色作为征兆首先消失,接着,几小时后,轮到了所有的颜色。

她坐在小小的儿童床上,摸索着,触到了孩子的肩膀,温柔地抚摸着。

"起床啦,宝贝。"

"嗯……嗯……"

夏洛特打开了露易丝的衣柜,轻触着一摞衣服。

"你想穿什么,我的小公主?"

"蓝色T恤衫。"

夏洛特毫不犹豫地从一叠衣服中拿出那件T恤衫,带着花朵图案，两天前还是靛蓝色的。厚度、质地、针脚、重量、折痕，都不会让她搞错。

热心听众此刻讨论着水兵帽子上褪色的红色绒球[①]：它还会带来好运吗？

"起床啦，我的小宝贝。"

"外公已经走了吗？"

"是的，昨天晚上。但是我向他保证周六我们一起去他的公寓里吃午饭。来吧，起床啦，大小姐，还要上学呢。"

露易丝吃早饭的时候，夏洛特坐在电脑前，她的电脑连接着盲文面板。一个由很多小点构成的装置，能够将屏幕上的文本解码为由路易·布莱叶发明的四十个左右的字符构成的字母表。她查阅了最著名的国际色彩专家们的邮件，她与他们维持着实时交流。所有人都不明就里。

夏洛特查询了她的报时钟表。她还有时间上网购物。一切都是方法问题。一个熟识的送货员，给她介绍并且报出每种商品的名字，那些物品她曾经掂量、轻抚、触摸、闻、摇晃，记在了脑子里。她小心翼翼地列出购物单。如果她犹豫不决，露易丝已经提前学习过字母，就过来给她帮忙。

---

① 传说用左手食指触碰法国水兵帽子上的红色绒球，可以在接下来的 24 小时内迎来持续的好运。

就在夏洛特准备关掉电脑的时候,她收到了一位朋友的消息,那位朋友是伯克利大学的神经科学教授:针对动物的第一批实验室测试似乎表明它们仍然能够感知色彩。

阿尔蒂尔迈着缓慢的步伐，没有什么人或事在等他，他低着头，目光里是一个空洞的世界，灰暗的，就像被微小的灰烬铺满了表面。他的命运显现出漫无边际的黑暗。天空中，一大群黑色的飞鸟使希区柯克电影里的恐怖在现实中升腾。其实，这个景象似曾相识。他见到过同一条街道没有颜色的样子。太阳落山黑暗降临的时候。当然，每天，我们周遭的环境都会随着夜晚的来临而失去颜色。我们的眼睛最终会适应昏暗，能够多多少少辨别出一些形状，却看不出颜色。现在白天就像黑夜一样，我的眼睛也在慢慢适应。

"我的眼睛适应，但我不适应！"阿尔蒂尔咒骂着。"这位女士也不适应。"他自言自语着，与一位女士擦肩而过，她正晃动着胳膊，张大了嘴，目光惊恐，慢慢转动头部，从左到右，从上到下。阿尔蒂尔顺着她的目光看去。她正观察着地铁口上方一个巨大的凸出的字母 M。它的颜色消失在一棵老梧桐树枯萎的秋叶之中。顺着一所小学的栅栏，他的目光被课间校园里的孩子们吸引了。"穿着黑白色，他们不那么可爱了，"阿尔蒂尔想，"就像穿着老式的校服。"他意识到这些孩子可能是最后一批穿过彩色衣服的西方人。但是，还有其他反常的事情。强烈的困惑弥漫开来。他的大脑好像在发出提示：加强神经元连接，你就会明白。他观察到孩子们互相拥挤着坐在校园里各处分散的长椅上。那些没有找到位置的孩子则慢慢地在校园里走来走去。一股激流涌起在他的耳蜗神经，发出一张神经轴突触的网，连接到脑丘，然后是听觉皮层，最后出现在他的意识里。阿尔蒂尔于是听到了他没认出来的一只鸟的歌唱，栖息在梧桐树上的一只鸟。电子和化学反应在大脑的诸多区域变得强烈。突然，他懂了。孩子们在沉默！所有的孩子！课间的校园，一向就是噪声区。但是这里，没有一个孩子在吵闹。没有一个在跑动。糟了，阿尔蒂尔下了结论，他感觉到肩胛骨轻微的震颤：没有一个在玩耍。

阿尔蒂尔来到寂静的、被太阳烤得发白的工厂。他和他的同事们把能打包的一切都装进了纸箱。索朗热的叹息声具有传染性。即将失业的人们行走在过道里就像驼着背的幽灵，粗声粗气地呼吸着。他们的胃里都吞了一个球，全都感到吞咽困难。甚至连老式收音机也艰难地发出刺啦刺啦的声音，传到工人们的耳朵里。

在司法检查员的目光下，破产企业收购商相继出现，把手伸向所有可能被重新买卖的一切。工人们一言不发地拆掉了机器，那些最先进的机器，更确切地说，那些不那么老的机器，找到了买主。它们可能会去制造罐头。其他的按重量售卖。克吕泽尔感到愤怒。那些库存的铅笔没有人想要，甚至是贱价出售。

于是，他们决定清空所有的箱子。铅笔将被变成纸浆再循环。铝制的盒子会被用来制造汽车车身。索朗热感觉这一切在亵渎葬礼。

索朗热集合了几个工人在工厂前拍摄最后一张集体照。克吕泽尔大部分时间躲在他的玻璃立方体里，透过窗户观察他们。他迅速下了楼梯，又突然减速，出现在停车场。他想和他的工人们在一起，但是不那么确信是不是留有他的位置。他小心翼翼地靠近。

索朗热示意他走过来。克吕泽尔放下心来，利用这段时间把那绺头发整理好，然后用舌头舔了舔门牙，确保没有菜叶。全都是灰色，一定不上相。

"您来得正好，克吕泽尔先生，给我们拍张照，"她一边命令他，一边把手机伸给他，三十年来他从未听过她用这样的声音说话。

克吕泽尔按照她说的去做，强颜欢笑。他用黑白照片保存下十几个人的苦笑。

这一次，从前的老板想和他们站在一起，但他不敢向他们开口。索朗热收起了她的电话。人群四散而去，离开了工厂，再也不会回来。

周末到了，但没有人感到开心。所有人的目光中都透露着焦虑。就像每个周末那样，阿尔蒂尔把八小时工作时间用在了 **QG**，他家楼下的咖啡厅，在这里，灰色一成不变。中午十二点，他在户外的座位上喝了一瓶啤酒。街道另外一边的大门前，一辆出租车在等人。深色车身。很可能它原本就是黑色的，他想，或者是海蓝色的。突然，露易丝和夏洛特从大楼里走出来。阿尔蒂尔迅速给她们打开后门，为她们开路。夏洛特，即使失去了所有的颜色，在他看来还是一样漂亮。这是他第一次这么近地看着她，他发现她比他想象的还要矮一些。他比她高出整整一头。她丝绒一样的皮肤，现在更白了，让她看起来很纯真，与她褪色的黑发对比鲜明。她的脸颊上长着雀斑，就像一个戴着褪了色的灰色眼镜框的瓷娃娃（阿尔蒂尔更喜欢果绿色的）。

她的女儿是她缩小版的复制品，只是她的皮肤颜色更暗，眼睛颜色更深，这些都表明她是个漂亮的混血儿。

"谢谢。"夏洛特笑着对他说。

"不客气。"阿尔蒂尔支支吾吾地回答，很长时间也没能挤出一个微笑。

他太想对她说,他就住在她对面,已经有好几个月,他透过窗户观察她,他觉得她独自一人抚养孩子很坚强,无论她有什么需要他都乐意帮忙。但是他的嘴里发不出任何声音。他甚至没办法在大街上和一个女人开始对话。有一分多钟的时间,他看着出租车远去,然后再次穿过马路,在 QG 停下来。只剩下一大堆啤酒能抚慰他了。

夏洛特和露易丝在一幢高大建筑物的台阶前停下来，建筑物紧临索城公园①。吕西安，夏洛特的父亲，在大门旁边的长椅上等待着她们。从前，吕西安曾经是最优秀的足球裁判之一。与生俱来的威严和公正使他成为法国足球甲级联赛最受赏识的裁判之一。他甚至开始在国际赛场上熠熠生辉，以卓越的表现在欧洲杯的几场球赛上执法。对他的认可，来自他被选为世界杯某场比赛的裁判的那一天。但是那一天，吕西安在场上的站位不好，没有看到一个阿根廷进攻方球员用手攻进一球。他的职业生涯正面遭遇了"上帝之手"。这个错误严重地刺激了他，后来，他吹哨子比用脑子还多。现在，他只在每次有好事出现的时候，吹上几个酒瓶子。

吕西安就像一个雪人，肚子胖胖的，脑袋圆圆的，已经秃了。鼻子尖尖的就像胡萝卜，黑黑的小眼睛闪闪发光，看起来就像一直在微笑。这个雪人向物质法则发出了挑战。但他也有可能被融化，一旦足够热情的时候。

---

① 索城公园（Le parc de Sceaux），位于巴黎南郊。

露易丝朝外公扑过去,他正伸开双臂迎接她。

"我的小公主,你好吗?"

"我的心情很黑暗!我不知道这是什么意思。但现在所有人都这么说。"

"我呢,见到你我就是最幸福的外公。"

夏洛特拥抱了她的父亲,把手放在他的肩头。他带她进入公寓,露易丝还在他的怀里。按照官方的说法,这里曾经是一所普通的老年公寓。然而事实上,一九六八年五月①这里有过一场小革命。六十、七十、八十和九十多岁(很少见的)尚能自理的老人们,在最后一名到来者——一个七十岁上下的"年轻人"的引领下——走出去了解街垒附近发生的事情。他们回来得很晚,经理训斥了他们,就像同一时刻数以百计思想尚未成熟的革命者的家长们那样。态度强硬的住户们于是聚集在餐厅里,在门前临时筑起了壁垒,用几张桌子和几把椅子,堵塞了工作人员的入口。经理和行政人员立刻无条件地离开,这一决议获得了全数举手通过。离开的时候,经理发现这所退休公寓的所有者是刚刚才回来的住户,并没有出席表决。现在,这些强硬派都已经去世了,但是这所房子仍然由自认为有能力的

---

① 1968年5—6月在法国爆发了一场大规模的学生罢课、工人罢工的群众运动,即"五月风暴"。

房客们自己经营管理,他们精心挑选帮忙协助的工作人员。

在每一次有人"悲惨离世"的时候,房客们都要研究申请材料,只接受"有革命精神的大学生"。就这样,人们能够在这里看到一个古怪的会计师——保证公寓的经营,一个大厨——保证饮食的可口,一些喋喋不休的学者——保证大家不会死于愚蠢,不少摇滚乐手,尤其是西蒙娜,吉他手,曾经是一家唱片行的经理——保证大家在去世之前保持青春。每周六都有一场音乐会,除非晚上有球赛。吕西安的职责在于与足球协会保持良好的关系,以便获得所有重要比赛的邀请。"保持活跃,是长寿的秘诀",他们争先恐后这样重复着。当然,会有一些住户变得行动不便,而且,阿尔茨海默病也会搞破坏。但是,其他人把尽可能使他们融入集体看作关乎荣耀的事。他们所有人一起吃饭,围坐在一个很大的长方形餐桌旁边,桌子放在宽敞的大厅里,大厅被之前的一个房客、玛德琳娜·卡斯坦[①]的学生精心地装饰过。墙上的灰色有着细微的差别,让人想象着原本鲜艳的颜色。

迎接露易丝的是所有已经就坐的房客传统的"啊!哦哦!"和一成不变的"长这么大啦!"的声音。

"快坐下,菜要凉了!"皮尔丽特又加了一句。

[①] 玛德琳娜·卡斯坦(Madeleine Castaing),法国著名室内设计师。

她曾经是第一批在《米其林指南》中摘得一星的女厨师之一。在那个时代,这相当于摘到了月亮。

"我知道你特别喜欢这道菜,夏洛特,我做了桂皮鸭脊!"

过了一会儿,皮尔丽特用眼角的余光看到她的朋友们都缺乏食欲。甚至有些人悄悄地把盘子推到了一边。我的鸭肉怎么啦?她一边想一边把手指浸入汤汁,闭着眼睛品尝。肉香完美,香料入味,味道醇厚。肯定是颜色的原因。名副其实的桂皮酱汁必须是橙黄色的。

夏洛特试着安慰她。

"你并不是白忙活,皮尔丽特。"

"我知道!如果有人发明了食用色素,我就不是白忙活。"

"是的。但是,比灰色更可怕的是:你想象一下,如果鸭脊是蓝色的。我记得看到过一项研究,把牛排涂成了靛青色,连小豚鼠都吃不下去。"

皮尔丽特感到反胃,推开了她的盘子。她唯一的满足感来自看着夏洛特品尝食物,就像什么都没有发生一样。她吞下一大口,马上又吃了一口。

"颜色变了,胃口就变了。一些西班牙大学教师给参加实验的人们提供相同的橙汁,一些保持天然的颜色,还有一些加入了红色色素,另外一些加入绿色色素,让他们以为自己喝下的是三杯不同的饮料。结论几乎完全一致,'血色'橙汁被认为是最好喝的,'绿色'橙汁被认为有点酸。更令人吃惊的是,如果你尝到橙色的可乐，几乎非常有可能，你会把它和橙味碳酸饮料芬达搞混！"

"你说的有点过头了。"皮尔丽特有点生气。

"我向你保证，甚至是你！类似的实验在一个很大的乳品制造商那里进行。他们把酸奶的黄色菠萝色素和粉色草莓色素颠倒。顾客认为自己品尝的粉色酸奶是草莓味的，而黄色酸奶是菠萝味的……相反，一旦向他们公布结果，他们都承认自己搞错了。"

皮尔丽特重新闭上眼睛，让自己的味蕾去评判她的厨艺。她做的鸭脊是完美的。

"如果我理解得没错，现在没有了颜色，所有人都更容易节食。这有助于人们和肥胖做斗争。"她又说了一句，并且朝自己的赘肉看了一眼。

"这可能是唯一的好消息，因为对我来说，这让我恐惧。"夏洛特一边下结论，一边停止了思考。

第四章

那天，树是蓝的，海是黄的

颜色已经消失了六个月。六个月以来，成年人惧怕黑色。从震惊到害怕，再到恐惧。

一切开始于佩皮尼昂附近的小村庄布加拉什。就发生在颜色消失的第三天。那里的居民们看到房车和箱式货车源源不断从四面八方赶来。仅仅几天时间，这个拥有两百个居民、坐落在比利牛斯山脚下的宁静小村庄就被数以万计的露营者所侵入。恐慌的人群大打出手，他们想要跃过警方的路障，或者穿过田野，在朝向村庄一侧的山峰安营扎寨。百余名记者迅速赶来。全世界的宗教大师们都"再次看见了他们的预言"。外星飞船，也就是银河系的诺亚方舟，将把这个村庄作为宿营地，拯救某些《启示录》中的选民。玛雅传说预言二〇一二年是世界末日，那只是搞错了几年。人们哭泣，哀号，向灰蒙蒙的天空祈求。一个"罪人"爬到山顶，使劲鞭笞着自己，一不小心失去平衡，向下跌落了几十米。这个场景被全世界的黑白电视机所转播。

哥伦比亚的科吉印第安人把它解释为一种警告，是地球向那些不尊重自然，正在破坏自然的"小兄弟"发出的警告。

对基督教徒而言，人们进入了黑暗世界，就像《马太福音》预言的那样："灾难过后，太阳变黑，月亮无光。"每周日，教堂都挤满了人，甚至工作日也是如此。新入教的基督徒们仅仅学会了向圣父和圣母祷告，靠着虔诚来弥补。宗教用品商店攻占了路易威登旗舰店，排行等待的队伍一直延伸到它们空无一人的楼梯前。一些人突然冲进他们老迈的姑姑婶婶的阁楼里，在灰尘中唤醒一个戴着耶稣像的十字架、一尊圣母像，或者，执着于易贝网[①]上价值连城的稀有珍珠、一串帮助他们从早到晚祈祷以便赎罪的念珠。他们希望这样做能使圣-比埃尔的天平向好的一面倾斜，在他们即将被召见的那一天。

就像在麦加城那样，伦敦的治安警察迫使数十万名排着长长的队列去往岩洞的朝圣者们迈着相同的步伐，一刻不停地前进。他们需要十多个小时的等待，以便亲手触摸全世界病毒和细菌最集中的地方，那些病毒和细菌，就在贝尔纳黛特·苏毕

---

① 易贝网（eBay），全美最大的在线商品交易平台，包括新品和二手商品的交易。

卢丝①洞穴的岩壁上愉快地大量繁殖着。

至于美剧《权力的游戏》的爱好者们，他们认为冬天降临了，于是等候着异鬼的到来。

---

① 贝尔纳黛特·苏毕卢丝（Bernadette Soubirous），19世纪末的一位法国修女，去世一百多年以后，遗体仍未腐烂，栩栩如生。

在这样的重负之下，整个世界都在痉挛。消费社会最小的部门都动荡不安。圣诞热卖宣告灾难性失败。在布景之下，和蜘蛛网颜色相同的布景之下，商品似乎不那么吸引人了。吃着灰色的东西，没有人再愿意相信圣诞老人。

所有的财经部门都关了门，直到新的命令下达。股市暴跌，一九二九年的大崩盘与之相比只是一次微不足道的技术问题。经济学家们，脸色和他们的西装一样灰，嘴里除了这两个词之外再没有其他的：全面破产。G20峰会的领导人聚在一起无法分开。他们的演说很难掩饰自己的无能为力。

阿尔蒂尔每天不得不去远一点的地方买棍子面包。他那个街区的三家面包店都拉上了窗帘。他决定走到达盖尔街，十四区最繁华的商业街。"世界末日都要来了，我们还要工作吗？"很多商人都有自己的哲学。超市里，顾客们很难辨认出他们喜欢的商品包装，于是只买分量最轻的。

阿尔蒂尔经过了几家店铺,若是在占领时期①它们就无可厚非。在达盖尔街的鱼摊上,十来条鱼眼神黯淡,忧郁地盯着鱼缸的玻璃壁。

药房门口,一位化验员正用透明胶带粘贴一张通知单:抗焦虑症和抗抑郁症药物——断货。无论如何,患者必须耐心,才能得到医生的处方,获得药物上的安慰:心理医生都待在家里,或者他们自己也去看别的心理医生了。

世界,暗无天日。

阿尔蒂尔一直走到了阿来西亚广场。一切安静得出奇。驾驶员们缓慢行驶在马路上,街道映衬出雾蒙蒙的天空。几个路人拖着步子,弯腰驼背。只有一个人例外。一个骨瘦如柴,上蹿下跳的高个子。这个人三十岁上下,冲向,而不是走向阿尔蒂尔。他看了他一眼,发出了一串拟声词。

"呃呃呃嘶嘶嘶嘚嘚嘚?"

"抱歉?"阿尔蒂尔一边回答,一边想这个袋鼠发出的喊声像什么。

"哎啦啦啦啦嘶嘚?"

"听不懂。"

"L…S…D。"袋鼠终于清晰地拼读出音节,同时向左右扫

---

① 指1940—1944年德国对法国的占领时期。

视了一下。

"不,谢谢,我更想用一杯白葡萄酒来买醉。"阿尔蒂尔笑着回答。

为了逃避这个变得不真实的世界,很多人选择躲在人造的世界里。各个年龄、各个层次的人任凭自己沉浸在这种强大的精神药物产生的幻觉中。LSD,在那之后大量投入了工业生产,它有一个好处——能使颜色部分地再次显现。天空可能是橙色的,树叶可能是蓝色的。马路常常是粉色的,而大海是黄色的。不过这些不重要:在这个幻想的世界,至少还有颜色。彩色硬币的反面,这种黑麦麦角的衍生物产生了其他的效果。幻觉,确切地说。有些人认为自己是鸟类,跳出了窗外。还有的人,认为自己被不祥的怪物袭击,扼住了自己妻子的喉咙。警察们接到命令,与这场新的灾祸做斗争。他们干劲十足,致力于加大查封力度。还有一些宣过誓的官员,他们很高兴使自己的制服恢复颜色,并从查封品中为自己捞上一份。

就像一个月以来的每一天，阿杰伊十八点整坐上了他的出租车。夜色已经笼罩了曼哈顿。几盏路灯吐出乳白色的灯光。他转动车钥匙，闭上双眼，踩油门，然后停下，使自己沉浸在一波又一波引擎根据转速带给他的颜色之中。他的联觉天赋还是一样强烈。当他使发动机发出轰鸣时，他头脑中的颜色还同原来一样。光彩夺目。所有的，除了黄色，它因为缺席而更加闪亮。当他重新睁开眼睛，在座位上微微直起身子，想看一看车身的颜色补全色谱的时候，他很想哭。少了一种颜色，色彩的世界就荒芜了。就像这个月来的每一天一样，他切断了出租车的通讯，回到家里打网络游戏。确切地说，是《使命召唤》。他不知道为什么，这个游戏的音响效果能带给他所有的色彩，除了阳光的颜色。阿杰伊已经好多天没吃饭了。他任凭自己日渐衰弱。

老年公寓的几个房客在地下室的排演厅里反复排练着《回到黑暗》。比 AC/DC 乐队①的声音还要大——他们当中，相当多的人听觉有障碍。然而，心脏没有障碍。尤其是在索然无味的午餐之后。皮尔丽特已经有好几天拒绝下厨了，最终，褪色的菜肴对她失去了诱惑。

一个月以来，几乎没有一个人来看他们演出。大部分住户好像被钉在了椅子上，在电视放映厅里循环收看着新闻频道，它打破了收视纪录。

吕西安似乎是最难过的一个，他无法克制自己回想三十多年前造成妻子去世的那场悲剧。画面在他面前闪现。四十英尺的帆船。阳光洒在船帆和妻子的头发上。他的妻子怀孕七个月，连最微弱的宫缩也没发生过。天气预报显示风力刚刚达到十五节②。况且，妻子坚持要来。然而，在距离港口仅仅五英里的地方，她突然感觉到羊水大量流出。他把速度加到最大，抢

---

① AC/DC 是 20 世纪 70 年代澳大利亚的重金属摇滚乐队。《回到黑暗》(*Back in black*) 发行于 1980 年，是这支乐队最著名的专辑。
② "节"是用于航海的速度单位，这里相当于 4 级风。

风航行，就在他把船开回岸边的那段时间，他的妻子失去了生命，女儿出生了。在那之后，负罪感从来没有离开过他。

"加油，爸爸，拜托啦，我想看你笑一下。"夏洛特小声说。她感觉到父亲的情绪越来越低落，因此她来公寓的次数越来越频繁。"你知道的，你笑的时候，我能感觉到。"

"我发现颜色能够帮助我掩饰一部分痛苦。"

"不要这样。我再说一次，我不完全是盲人。我能感受到密集的光。"

"我需要颜色。"

夏洛特摸索着，在桌子上找到了水果筐，拿起一根香蕉。

"吃了这个水果，爸爸。"

"我没有胃口。"

"当你看着这根香蕉的时候，你激活了大脑中对黄色敏感的区域，它会将黑白色转化为彩色。同样的方式，当你看着黑白电影的时候，几秒钟时间，你的大脑就会将它转化为彩色的。在色彩消失前是这样的。我的同事们已经肯定了这仍然是事实。所以，闭上眼睛，试着想象出这根香蕉。"

吕西安照做了。

"你说得对，"十几秒钟之后他得以确定，"集中精力，就能够使色彩再现，至少在大脑中。"

他重新睁开眼睛，再次看见灰色的香蕉，似乎很失望。但是为了让女儿高兴，他还是剥掉皮吃了这根香蕉。

梅迪·托克又看了看广播电台的节目表。只有一个口号：振作。他们连续播放主题轻松的节目和欢快的歌曲。这对于听众的精神有好处，并且，顺便，对增加听众的数量也有好处。电台尤其关注夏洛特的色彩专栏，节目的听众越来越多。于是，他们把它变成了一个每日专栏，每天重播好几次。

朋友们，人类已经失去了对颜色的感知能力。是这样的。但是，或许我们并没有完全失去，因为我们还有黑色和白色！"但是，黑色和白色是颜色吗？"你们一定会这么问我。那么，好奇的朋友们，请试想一下，这个问题在二十世纪初以前从来没有被提出来过。对于我们的祖先，"无色"可以参照所有没有被染色的一切，就像修女们未加工的裙子。因此，为什么今天我们要提出这个问题呢？一部分原因在于艾德蒙·贝克勒尔先生和埃米尔·雷诺先生，他们想出了好点子，分别发明了彩色摄影技术和彩色电影。随着时间的发展，他们的技术有了相当大的进步，甚至在今天，人们把黑白照片或电影与所谓的彩色照片或电影对立起来。那么,有色和无色,黑色和白色?……

明天见,亲爱的听众朋友们。

"好问题!"西尔维用沮丧的声音嘟哝着。

一连串化学反应发生在夏洛特的前扣带皮层,这个区域能够部分地使人产生情感上的共鸣。

"你这么想念颜色?"

"是的……不是的……不仅如此。"

"你想和我聊聊吗?"

"你会笑话我的。"

"我是这种人吗?"

"你知道的……"

她没有说完这句话。

"哦,不,我不知道!"夏洛特试图不那么戏剧化。

"我觉得孤单……"她继续说,"你知道,我和梅迪……"

夏洛特摸了摸指示灯,当话筒打开的时候,它能显示出来,夏洛特以此确定它是不是已经冷却,确保没有人能听到她们的谈话。

"是的,你和我们老板有特殊的关系。"夏洛特谨慎地向前靠近。

"说到关系!……伟哥也不起作用了……"

"这个,有可能是由于它失去了蓝色。因为心理安慰对分子效应能够起到很大的作用，他潜意识里觉得伟哥对他的作用变小了。"

"我更觉得，是……我无法吸引他了。"

夏洛特明白她的双唇不再红润让她大大地失去了吸引力。有百分之二十五，几年前进行的一项可靠的研究表明。但她避免向她谈起这一点。

"说说那个让人讨厌的男人，你看看上面还有人吗？"夏洛特一边说，一边把手机拿给她看，是从她窗口新拍的一张照片。

阿尔蒂尔还在偷窥她。夏洛特生气地离开了电台，冲进地铁，她想，不能再迟疑了，必须有所行动。

　　《世界报》官网显示

　　在谷歌上，"颜色"成为搜索最多的关键词，排在"性"之前。

夏洛特从离女儿学校最近的地铁站出来。她走得很慢，一边走一边用她的白色手杖探路。旁观者一定会认为她全神贯注是为了走路。然而完全不是。她早已轻车熟路。潜意识同时也会引导她。她的注意力集中在感官的接收上。当一个路人从她身边走过的时候，她试着辨认他的香水味。她听到急促的高跟鞋的脚步声，这个声音和一个皮底鞋的脚步声保持着同一个节奏，很可能是一对时髦的情侣。她能分辨出一群穿着胶鞋的人最散漫的脚步，他们一定是一群穿着球鞋的年轻人。经过地铁口的时候，她会闻到一股潮湿、难闻的气味，走过大门敞开的商店时，她能感受到一阵凉爽。

她试图找到过去的世界和新世界之间有什么不同。但是，对她而言，什么都没有改变，如果不算露易丝学校门前家长说话的语气一天比一天更焦虑的话。一个父亲因为他的儿子拒绝去上柔道课而感到惋惜，灰色的腰带失去了所有的吸引力。一个恼火的妻子转述了她意志消沉的丈夫所说的话："您知道他今天上午对我说了什么？他失眠了。九点就醒来而且无法再次入睡！"

对话的主要内容都是关于孩子消失的胃口。他们什么都不想吃。甚至包括奶油蛋糕！

这是第一次，她听见有几个家长试着从积极的方面看待事情。

"自从菠菜不再是绿色的，我终于让他咽了几口。"一个妈妈说。

"我呢，我让他尝了甘草卷糖，他很喜欢。"一个爸爸小声说。

"我家小孩不看动画片了。黑白色让他觉得自己在看什么老掉牙的东西。然而，不可思议的是，他开始看小说了！"

白纸黑字……至少，书的颜色没有变，夏洛特想。

她从周围所有的对话中，分辨出十几米之外一声轻轻的呢喃："妈……妈。"露易丝跑过来拥抱她。夏洛特弯下腰，转过头，等待着女儿柔软的双唇吻在她的面颊上。

"拿着，妈妈！"她一边说一边后退，在湿漉漉地吻过她之后，露易丝递给她一张纸。

夏洛特听见了纸的声音，抓住了它。

"你画了什么好看的画？"

"一幅海上日落……全灰的……我能问你一个问题吗？"她用犹豫的声音补充说，"你为什么从来不难过？"

"你为什么认为我该难过？"

"因为你看不见颜色。现在我明白了这是什么样的感觉。"

"或许因为我能看到它们,亲爱的。不是用眼睛,而是用我全部的身体。而且,我看到你是个小脸红扑扑的公主。你知道这是什么意思吗?"

十一月的巴黎，令人沮丧的色调，夏天不肯离开。阿尔蒂尔就像每天一样，在 QG 的露天座位上，把双唇浸在一杯扎啤里，半透明的，冒着白色泡沫的扎啤里。他看见一位常客走进来，没有了面颊的绯红，他很难认出他。

这个酒吧常客把他的鸭舌帽换成了一顶细毡帽。这是男士的新潮流。当代的偶像让位给了黑白电影里的英雄，亨弗莱·鲍嘉[1]式的，或加里·格兰特[2]式的，社会学家这样解释。老电影获得了狂热的复兴。至少，它们没有颜色，看起来显得"自然"。

阿尔蒂尔漫不经心地查阅他的邮件。垃圾邮件。太多的垃圾邮件，除了老同事索朗热发给他的一封亲切的邮件。她告诉他她的近况，祝他好运，并且，随附件发送了他们在工厂前的集体照。突然，他的电话响了。是就业中心的顾问打来的，为

---

[1] 亨弗莱·鲍嘉（Humphrey Bogart，1899—1957），美国演员，主要影片有《卡萨布兰卡》《非洲女王号》《叛逃凯恩号》等。

[2] 加里·格兰特（Cary Grant，1904—1986），英国演员，主要影片有爱情片《费城故事》、惊悚片《美人计》、悬疑片《西北偏北》等。

他提供了新的面试机会。

阿尔蒂尔想在口袋里找支笔，刚好找到一支加斯东·克吕泽尔铅笔，从前是粉色的，留在他外套的口袋里。他粗略地在啤酒杯的杯垫上记下了面试信息。在过分闪亮的灰色背景下，字母刚刚能显现出来。

就在这时他看见夏洛特走在路上，牵着女儿的手。她们正向他靠近。事实上，更确切地说，是露易丝牵着妈妈的手，从前面走过来。他无限欣赏地看着她们经过他面前。

"哦！先生的铅笔好漂亮。"露易丝突然赞叹道。

阿尔蒂尔不能错过机会，干脆地挂断了就业中心顾问的电话。

"我把它送给你，你高兴吗？"阿尔蒂尔笑着问露易丝，同时把铅笔递给了她。

露易丝盯着阿尔蒂尔，皱着眉头。

"我认识您，先生。"露易丝说。

"是的，小姐，我就住在咖啡店上面，就在你们家对面。"

"您的鼻子有点塌？"夏洛特用警惕的语调问。

"呃……我以前打过橄榄球。但并不是太塌！"

"您应该感到羞愧！来，露易丝，我们走。"她一边说，一边拉着她的胳膊。

"为什么有一个塌鼻子，他就该羞愧呢？"露易丝问。

"他很清楚我为什么这么说！"

"您为什么这么说？"阿尔蒂尔重复了一遍，心里很清楚为什么。

她是怎么发现的？或许她并不是完全失明？他想。

"很抱歉，我叫阿尔蒂尔。"他补充道，似乎是在道歉。然后，他硬着头皮向她伸出一只手说："很高兴……"

夏洛特迅速穿过人行道一直走到公寓大门前。阿尔蒂尔跟着她们，他对小女孩说话，以此转移话题。

"拜托啦，拿着铅笔，它是你的啦！"

"绝对不行，"夏洛特勃然大怒，愤怒地皱着眉，"我们不想和您有任何关系！"

尽管生气，她的声音还是保持着不可思议的甜美。但是，对阿尔蒂尔来说，最令他吃惊的是，这个声音似曾相识。

他张开嘴想说些什么，但是没有发出任何声音。他悲哀地再次回到桌子旁边，大口喝着剩下的啤酒。"我该停下了。"他责备自己……同时向老板示意再来一杯啤酒。

露易丝和夏洛特，手挽手进入了公寓。就在这时，小女孩转过身，迎接着阿尔蒂尔的目光，对他露出一个大大的微笑，并且骄傲地向他炫耀他悄悄塞进她手里的铅笔。

露易丝猛地冲进房间，甚至没有脱掉外套，也没有放下书包，就从她的小写字台上拿起一个活页本，趴在地上，肚子贴着地板，抬起双脚，舌头舔着嘴角，用加斯东·克吕泽尔铅笔画起画来。

夜晚驱散了灰蒙蒙的白天和它苍白的日光。外面开始转凉。阿尔蒂尔刚刚走进酒吧,又高又瘦的酒吧老板——"胖子",正在擦拭吧台后面的玻璃。他黑色的领带上夹着领带夹,固定在白衬衫上,给人以错觉,以为这是一位优雅的老派绅士,然而他歌剧唱腔式的口音暴露出他煤炭商的出身。酒吧始于七十年代,并且一直保持着七十年代的装修风格。这些年来,什么都没有改变过,除了用一个巨大的屏幕代替了弹子机和桌上足球。对胖子来说,装修,这不是他的专长。保持清洁,也不是。但是,没有了颜色,这些都看不出来了。

胖子从将要播出足球比赛的体育频道转到了新闻频道。六个月前,这会导致一场斗殴,醉醺醺的客人会大吵大闹,立刻转去别的酒吧。但是现在,没有一个人发牢骚。在酒吧,就像在电视里,人们没完没了一直在谈论颜色,用各种口吻,从各种角度。在镜头前,一个工厂主抱怨他工厂里的缺勤率创下了新高。卢浮宫的馆长对参观率大幅下降表示惋惜,滔滔不绝地谈论着蒙娜丽莎。他确信她不再微笑。

"为蒙娜丽莎!"默默喝光了杯子里的酒,"胖子,请再给我来一杯灰酒……"

"什么?"

"好吧,从前是黄色的,"他哈哈大笑,对自己的恶作剧表示满意,"二点三欧,加了茴香味的价格。"

前所未有地，夏洛特·达丰塞卡成为了听众们的绝对权威。然而，他们的邮件总是提出这个一成不变的问题：为什么？

直到现在，夏洛特还是态度坚决地拒绝回答，因为没有任何有根据的科学解释。来自世界各地的、她最权威的同行们，进行了数次研讨，却并没有给她带来任何可供回答的信息。然而，梅迪·托克还是坚持：

"我们可以克服恐惧，但是无法打败焦虑。恐惧，是我们知道发生了什么。焦虑，是我们一无所知。'9·11'之后，美国人很快就抬出了本·拉登的名字，甚至并不确定是不是该由他负责。重要的是，要让大众放心。要让人们知道我们到底在对抗什么。所以，您想怎么说就怎么说，甚至可以说这是自然规律，但是对听众要给出该死的解释！一个小时后访谈开始。"

"好的，老板！"夏洛特想起了戴高乐的名言，做出了让步，"探索者，已经人满为患了。我需要的是，发现者。"

如果神经学家无法解释，或许应该求助于社会学家，她思考着，五十分钟之后，坐进了播音室。

95

"夏洛特·达丰塞卡，对于这一可怕的现象，现在是否存在某种解释？"

"我们刚刚获悉，梅迪，这个可怕的现象，正如您所说的，只涉及人类。动物的感知没有发生任何改变。"

"那么，为什么是人类？"

"或许是因为大自然认为颜色对于我们没那么有用了。史前人类需要用颜色来远距离定位猎物，或是仅仅为了观察树上的果实是否成熟。现在当然不再有这种情况了。而且，如果你们仔细想过，我们的未来，我们在潜意识里已经把它想象成了无色的。"

"怎么会这样？"

"想想大多数的科幻电影。从《2001：太空漫游》到《千钧一发》，还有《黑客帝国》《疯狂麦克斯》《星球大战》，当然还有《黑衣人》，人类很少穿着色彩鲜艳的服装，而且都生活在消色的环境中。"

"但是我们的现实，不久之前还是五颜六色的！"

"颜色越来越少了。就拿室内装修来说。买了老房子之后，我们要做的第一件事，就是撕掉彩色壁纸，把墙刷成白色。在祖父母家，我们习惯谈论蓝色房间、红色房间、黄色房间……然而现在，我们有白色房间、白色房间，还是白色房间。"

"我们的汽车也是如此？"

"完全正确。有幸去过古巴的人面对那些五颜六色的老爷车会为之一振。人们已经遗忘了,巴黎的大街上曾经是一模一样的场面。近年来,世界上每生产四辆汽车就有三辆是黑色、白色或灰色的。而五十年代占据前三位的颜色是绿色、红色和蓝色。当然,在市场调研阶段,人们会针对车身的颜色提出无数种选择,但是,最终,驾驶员们还是不会买彩色汽车的账。"

"那么,在时尚界呢?"

"如果不算在弗朗索瓦一世统治期间,黑色是严格规定的颜色,直到十九世纪末,对于男士而言,和富裕阶层的女士们一样,穿着色彩鲜艳的衣服是符合礼仪规范的。比如婚纱就是红色的。当时非常流行某些色彩搭配。您是否记得维特①,歌德小说里的男主角,他用蓝色搭配黄色。这个配色被当时大多数年轻富有的男士所采纳。从二十世纪开始,鲜艳的颜色已经几乎从我们的衣橱里消失了。黑色变成前所未有的时尚。"

"那么,我来总结一下,对于逐步走向全球化、现代化的世界来说,颜色的消失是必然的、不可抗拒的进化。所以,我们必须接受,甚至为此感到高兴?"

"我们真的还有选择吗?"

---

① 指歌德的小说《少年维特之烦恼》中的主人公。书中的维特,用蓝色燕尾服搭配黄色马甲,一时间这种装束成为年轻人竞相模仿的时尚。

《世界报》官网显示

今冬大规模取消马尔代夫、塞舌尔、波利尼西亚旅游。礁湖的吸引力骤减。

入夜已经很久了。夏洛特坐在窗边,此刻正感受着巴黎的街灯洒下的光亮。她反复思考着这次访谈。"老板让我说黑色和白色是颜色的未来。我感觉自己落入了圈套……"

她沉浸在自己的思考中,这时,听见露易丝从椅子上跳起来,说了句"谢谢妈……妈",声音越来越远。她把手指伸进盘子里,知道她吃得很好。她想,真是个乖巧的孩子,自然而然地接受了她"与众不同"的妈妈。夏洛特的拿手菜是浇汁菜。还有点心。会发声的烹调秤使她能够精确地掌控配料的重量。女儿的享受,对她来说是最大的骄傲。

夏洛特一边收拾餐桌,一边想象着露易丝在房间里忙东忙西。几分钟之后,她闻到了身后淡淡的衣物的味道。夏洛特摸索着靠近,碰到了女儿的肩膀。厚厚的棉质触感使她确定女儿自己换上了干净的睡衣。

"很好,亲爱的,现在该睡觉了。天已经晚了。"

"拿着,妈妈。"露易丝一边说,一边把一幅图画递给她,以便赢得一点时间。

"画的什么?"

"一只粉色的老鼠在粉色的草地上跑。"

"在歌里面,老鼠不是绿色的吗①?"

"是的,但我只有粉色。而且,老鼠,粉色的更漂亮。"

这就是孩子的力量,夏洛特想。他们的想象力如此丰富,能够在精神上创造一个理想世界。

"你的粉老鼠,它是给谁的?"

"当然是外公啦!"

"这会让他高兴的。现在,上床睡觉。明天还要上学!"

---

① 这里是指一首法语儿歌,歌里唱到一只绿老鼠在草地上奔跑的故事。

阿尔蒂尔观看着第一组备选图案。可能是出于怀旧，很多草图或多或少使用了单线条，勾勒出百合花[1]。然而，他还是感到不安。她是怎么透过窗户看到他的？他一边思考，一边又情不自禁观察，夏洛特正在小心翼翼地整理她购买的食品。

这让他感到饥饿。他的肚子不满意地咕咕叫。从昨晚开始他就没有吃过东西。阿尔蒂尔打开了橱柜：空空如也。他仅仅找到一瓶"51"茴香酒——只剩下个瓶底，还有一个透明的小圆盒装着一点泡姜——某一次日本料理套餐剩下的。他把瓶子里的酒倒在一个从洗碗槽拿出来的脏兮兮的大杯子里，吞掉了残余的泛着灰色的泡姜。现在是一杯"102"了！他一边自言自语，一边想到了甘斯布[2]，一边又在他的双倍茴香酒里加了一点水。他举起酒杯怀念这位音乐家，同时思考着自己的近况。酒鬼？赞同！失业者？赞同！穷光蛋？赞同！失败者？不评论！

---

[1] 百合花徽是法国王室的标志，在历史上是法国的象征。
[2] 塞尔日·甘斯布（Serge Gainsbourg），法国流行音乐人、诗人、画家、导演。终日酗酒，个性叛逆。

他从沙发一罐接一罐向垃圾桶扔出六个啤酒罐。第六个命中。三分!"我要开始职业篮球生涯了。"他自嘲着,同时一口气喝光了杯子里的酒,想把卡在食管里的姜片冲下去。

他半闭着眼,看见他的女邻居把一幅孩子画的画用磁石吸在厨房的冰箱上。阿尔蒂尔陷在沙发里,辨认出一只粉色的老鼠。几秒钟之后,他在屏幕前睡着了,上面正闪动着黑白画面。

第五章

那天,人们意识到粉红葡萄酒事实上是橘色的

今晚几名恐怖分子在制造炸弹时意外引爆了炸弹。专家认为他们可能混淆了原本是红色和蓝色的引线。

消息在各个频道循环播出。半梦半醒之间，阿尔蒂尔大概已经听了十多次。或者更多遍。上帝，如果存在的话，时不时也会做些好事，他一边想，一边按摩着自己的颈背，感觉到酗酒后的口干舌燥。

穿着衣服睡在沙发上，使他疲惫不堪，他按动了遥控器上的按钮，关掉电视，站起身来。一接触到地面，他赤裸的脚就踩进了一种黏糊糊的东西里。新鲜的呕吐物。阿尔蒂尔什么都想不起来了。黑洞。昨晚他做了什么？他环顾四周寻找线索。他的公寓成了垃圾场。他已经有好几个星期没做家务了，也可能是好几个月。他盯着自己的呕吐物。有种想死的冲动。他一无是处，什么都不是，他想。如果他失踪了，也没有人会注意到。他会变成难闻的垃圾。如果有些人能用咖啡渣预测命运，阿尔蒂尔则在自己的呕吐物中看见了、从恶心的气味中闻到了，他的将来。有件事情显得很蹊跷。他竟然完美地分辨出了泡姜。"哦，不，"认出这种食物使他感到反胃，面部扭曲，"我可没吃这个老古董！它在我的橱柜里放了至少一年了！"

然而，另一件事引起了他的警觉。他被酒精麻醉的神经元连接正在试图恢复协调。特别是大脑皮层，拼命给所有能够激活意识的区域传递信息。一阵头脑风暴后，阿尔蒂尔意识到了问题出在哪儿：泡姜根部的颜色。在灰色物质的中心，泡姜恢复了它的粉色。

阿尔蒂尔抓起部分浸泡在他胃液里的一截泡姜，用纸巾擦了擦。正是化学染料的颜色，典型的在中国餐厅里售卖的冒充真正日本料理的泡姜。

阿尔蒂尔收集起所有的姜块，仔细擦拭干净，然后把它们摆放在玻璃茶几中心的咖啡杯垫上。他盯着它们，就像一个信徒凝视着某个宗教图腾，带着狂热、畏惧、惊讶、希望。灰暗的宇宙中有一抹颜色。

接着阿尔蒂尔痛下决心：整理房间。他飞快地用四处散乱的各种垃圾填满了一个大垃圾袋。卧室里面，床脚下，他的衣服就像岩石一样堆在一起。板岩、石灰岩、花岗岩的颜色，每天都有一层新的袜子、内裤、T恤覆盖旧的那层。他把洗衣机塞满，做了一次大扫除，然后，认真洗了澡。"我必须把它们拿给伙伴们看看。"他一边想一边感受到热水流在他的背上，并且缓解了他的口干舌燥。

阿尔蒂尔迅速穿好衣服，下楼来到QG，头发还没有干。天还早，酒吧里没什么人，除了老板，还有吉尔伯特，他正坐在吧台上一边喝咖啡，一边读着《队报》①。滑雪场要根据难度重新划分雪道。绿色和蓝色的雪道将变成白色，红色的变成灰色，只有黑色的保持不变。

"我讨厌滑雪，"吉尔伯特做了个鬼脸，"而且，我有头晕症。"

"看，胖子，我吐出来的。"阿尔蒂尔叫道，他带着胜利者的神态把一小杯咀嚼过的姜根拿到了他的鼻子底下。

"太恶心了，快拿开！"

"看它的颜色！"

"他已经喝多了。"胖子朝吉尔伯特叹了口气，吉尔伯特从报纸后面抬起了头。

阿尔蒂尔把杯子放在了吉尔伯特的报纸上。

---

① 法国权威的体育日报，至今已经有百余年的历史。

吉尔伯特是那种最好友善相待的类型。矮个子，不是特别强壮，冷漠粗犷，在别人的印象中神秘莫测。皮肤上的麻子使他灰色的面孔看起来就像牡蛎壳。仿佛一座休眠了五十多年的海底火山，随时会苏醒。安静中蕴含着暴力。他每天都穿着同一件黑色大衣，纯羊绒的，收藏名鞋，这一切表明他不缺钱。每次有人打听他的生活，他就用一个眼神回击对方，这种眼神很快就打消了对方的好奇心。

"这是什么颜色，这个？"

"快拿走。"吉尔伯特面容扭曲，又回到报纸之中。

"你们难道看不出这是粉色的吗？"阿尔蒂尔绝望地大喊。

吉尔伯特向他投去和他羊绒大衣颜色一样的目光。阿尔蒂尔向后迈了一步。

"拿着，你昨天忘在这儿的。"说着，胖子拿出一个杯垫，阿尔蒂尔在上面记下了就业中心的面试。

"这也是，也是粉色的！"阿尔蒂尔看见他的笔迹大叫着。我用一支原本是粉色的铅笔写下的。粉色又出现了。你们看不见吗？

"别烦我们了。"吉尔伯特越来越不客气。

"听着，阿尔蒂尔，每个人都不容易，"胖子说道，深深的黑眼圈为他的话增加了分量，"我们所有人都筋疲力尽了。我为你做一杯纯正的黑咖啡吧。"

金融区。皮尔丽特有些紧张，推开了茶屋的玻璃门。就是这里，她对跟在身后的西蒙娜说，同时看了看她们周围。皮尔丽特看着陈列在吧台上的美味点心，特别是千层酥，在她看来，这是整个巴黎最好的。甜点师和厨师确实来自两个不同的星球，星级主厨每次品尝它们的时候都会这么想。

"我们坐这儿？"西蒙娜一边问，一边没有等她回答就坐在了扶手椅上，椅子上的丝绒有些磨损。西蒙娜很开心能让她疼痛的双脚舒缓一下。这双仿皮高跟长筒靴从前是朱红色的，是大卫·鲍伊①在《Z字星辰》的巡回演出之后亲自送给她的，她穿着有点大。这双靴子对西蒙娜来说，是回到过去的时间机器。那个无忧无虑的过去，可以尝试一切，甚至突破一切禁忌的时代。

皮尔丽特倒在茶几另外一侧的沙发上。屋子里的大猫朝她走过来，跳到她的膝盖上。

"你来啦。"皮尔丽特说。

---

① 大卫·鲍伊（David Bowie，1947—2016），英国摇滚歌手、演员。

她用目光寻找着老板,她早上给他打过电话,但他此刻不在这里。一个穿着短上衣、系着领结的年轻侍者走过来接待她们。

"我更想点个千层酥。"皮尔丽特越来越不安。

"随你的便。那么,一个千层酥,一杯彩虹茶。"西蒙娜一边对侍者说,一边看了他一眼,似乎在暗示什么。

按照从酒店管理学院学到的方式,男孩微微鞠躬,对她报以回答。

"好吧,我也要同样的茶。"皮尔丽特从牙缝里挤出来一句话。

旁边的那张桌子坐着三个老妇人,梳着完美的鬈发,一起微笑着,试着迎接皮尔丽特的目光,她正不安地抚摸着喵喵叫的猫。

几分钟之后,皮尔丽特打开了茶壶的盖子。在原本放茶包的地方,她看见了两张吸水纸,浸满了 LSD。上面印着的笑脸正在朝她微笑。

我怎么会成为唯一一个能看见粉色的人？阿尔蒂尔一边想，一边离开了酒吧。一个帅气的年轻人擦肩而过，手里拎着一个海棠色的包。阿尔蒂尔满心欢喜地对他微笑，但是对方却错误地理解了这种共鸣的表达，眼睑低垂。在一个母婴用品店，阿尔蒂尔在连体服面前停下来。他差点就买了一件，如果不是被这一小块粉红色布料的价格着实吓了一跳的话。

他一整天在巴黎闲逛，每次发现粉色就会赞叹不已。这种颜色无处不在，他竟然从来没有意识到！淡粉色，艳粉色，暗粉色，嫩粉色。数百种不同的粉色！它们就像沙漠里的绿洲，在一片苍茫中显示出鲜艳的色彩。

公共长椅被各种年龄的阅读者所占据，他们试图在书籍中逃避。"我爱芭芭拉·卡特兰"①，他的目光掠过一位老妇人，注意到小说的封面。

---

① 芭芭拉·卡特兰（Barbara Cartland，1901—2000），英国著名的言情小说家，出版了七百多本言情小说。尤其喜欢粉色。

在一家旧货店，他在一件糖果粉的男士上衣面前停下，衣服上带着亮片。一定是流行音乐会上歌手穿着的奇装异服。衣服对他来说太大了。店员并不推荐，朝他做了一个鬼脸，但是阿尔蒂尔并不赞同。"棒极了。"他微笑着，满脸兴奋。

街上稍远一点的地方，阿尔蒂尔看见一家茶屋里粉色的餐具闪着光。里面有六七个打扮时髦的老妇人四脚着地，争先恐后地发出咕噜咕噜或者喵喵喵的叫声。一个年老的摇滚乐手在挠耳朵，动作很大，与此同时，她的一个同伴正舔着她剪得很短的头发。阿尔蒂尔在 LSD 引起的灾难面前屏住呼吸。他观看了几分钟，然后走进一家花店，买了一束漂亮的大马士革玫瑰，它们由粉到白的渐进色很容易辨认。这是他生平第一次为自己买花。

回到他的街区，阿尔蒂尔在五十米左右的地方看见了夏洛特和露易丝正要回家。阿尔蒂尔心情大好，跑过去迎上前。夏洛特正在用手指轻敲门上的密码，闻到身后一阵花香。

"女士，我很抱歉，我可能冒犯了您。"

她辨认出这个有些气喘吁吁的声音。

夏洛特转向阿尔蒂尔。

"请原谅我，我能送您一束花吗？"他接着说，同时想起来，他家里其实并没有花瓶。

"当然不!"夏洛特冷漠地回答。

"或者窗帘?"阿尔蒂尔试着说。

"不,谢谢!"

"谢谢你的铅笔。"露易丝插了一句,眼睛里闪着光。

阿尔蒂尔注意到孩子面颊上的粉红色。他弯下腰,用最温柔的声音问:

"你说说,你的铅笔是什么颜色的?"

"粉色,"露易丝清脆地回答,"就像你的外套!"

"请走开,"夏洛特生气地说,"离我女儿远点。如果您继续这样,我就叫警察了!"

"等一下,太棒了,您的女儿能看见颜……"

但是夏洛特已经重重地关上了她身后的大门。

"目前,带深灰色圆圈的灰色窗帘正在促销。"

这是三天以来走进这家装饰品店的第一个人。店员也不再回来了。在那之后,她生意唯一的颜色,就是银行欠款的红色。大红色。老板娘意识到她的顾客是盲人,马上改变了说辞。

"我们还有很柔软的纱帘,手感相当好。"

根据她嗓音的音质,夏洛特猜测她又高又壮,根据她好闻的香水味,她猜测她相当漂亮。不知道为什么,她正确地猜到她留着鬈发。

"我想要那个,妈妈,"露易丝说,"整个都是粉色的。"她指着草莓糖果色的窗帘。

"这是非常漂亮的珍珠灰!它们也在促销中。"

夏洛特责怪自己没有早点想到这一点。当然,她喜欢感受强烈的太阳光,它们标记着一天的开始,也喜欢微弱一点的灯光,那是外面路灯发出的光,它们宣告着夜晚的降临。但是为了躲避别人的目光,给窗户挂上窗帘是必须的。如果所有视力正常的人都挂窗帘,那一定是有道理的。"或许我的邻居以为我是个暴露狂。"她想。

在回家之前,她生平第一次走进了 QG 的大门。她讨厌这个地方,从这里散发出的烟草的味道、酒精蒸腾的味道,一直飘散到街道上。咖啡店比以往任何时候都人满为患。和书店一样,它们可能是仅有的销售额增长的生意。

"您好!这里是不是有人叫阿尔蒂尔?"

《世界报》官网显示

罗斯科① 的油画大额减税,仅售五万欧元。

---

① 罗斯科(Rothko,1903—1970),画家,擅长抽象的色域绘画风格,画面单纯,色彩重叠,边界模糊。

阿尔蒂尔躺在沙发上，打开了苹果手机上的脸书。自从他知道还有人能感受到至少一种颜色，他就感觉不那么孤单了。

他发布了他的"心情"。

  我没有服用 LSD 就看到了粉色！太开心！其他人呢？

"朋友们"立刻有所反应：

  别开玩笑。
  别喝啦。
  蠢货。

阿尔蒂尔正要删除他的消息时，电话铃响了。

"您好，阿尔蒂尔。我是夏洛特，您对面的邻居。是 QG 的老板把您的电话号码给了我。"一个声音响起，温柔极了，就像大学食堂的嫩牛排。

"您好，我很抱歉，我……"

夏洛特打断了他的话。

"父亲总对我说必须以恶制恶。所以,我想请您过来帮我安窗帘。"

阿尔蒂尔透过窗户,看见他的邻居拿着电话,站在窗前,手里是粉色的布料。

"给我五分钟。我马上到。"

夏洛特信奉"正念",这是一个来自佛学的概念,指接受发生在我们身上的所有事情,甚至包括负面事件,并试着从中受益。她清楚地记得那次在大学里所做的关于"正念"的讲座。她要求学生们从模拟现实生活开始。

"请想象一下:你们开车去赴一次重要的约会。你们找了二十分钟车位,而且已经迟到了。最后,终于在两辆车之间找到一个空车位,你们把车开到与第一辆车齐平的位置准备倒车,按直线停放,就在这时,突然,身后那辆车的司机,抢走了你们的车位,径直把车开了进去。下车的时候他甚至还故意嘲笑你们。请大家试着找出在这种情境之下的三个好处。请注意,是好处!"

大厅里沉默不语。有一个学生跃跃欲试:

"我终于能够证明我的棒球拍比宝马MINI的玻璃要结实。"

"我不能把这条算作一种收获,容忍侵犯者。请继续找。"

沉默。

"我来给大家讲解一下人体机能。在极度压力的情况下,大脑边缘系统的神经元连接迅速被激活,自混沌初开时,大脑边缘系统就帮助人类物种避免危险以及从危险中逃脱。但是大脑的这一部分极其有限。它仅限于情感功能，并不引发思考。当前额皮质的神经元被激活，想象力和推理能力才能够发展起来。你才能控制你的情绪。"

半信半疑的沉默。

"我可以利用这段时间听完收音机里的那首歌。"为了打破沉默，夏洛特试着说。

"我可以为我的迟到找到一个理由，还能以玩笑的口吻讲述这件事。"第二名同学说道。

"我想说的是这给我上了一课。下次有重要的约会，为了从容赴约我得多提前一些。"第三名同学补充道。

主讲人露出满意的微笑。

"幸运的是，我们的大脑皮层有很强的可塑性。作为神经学专业的学生，你们知道，与普遍的认知相反，神经细胞在各个年龄段其实都是可以塑造的。越是加强训练，大脑在各种情况下，就愈加能够习惯性地保持与前额皮质相连接。正是这种能力构成了大部分人们称之为智者的伟人的特征。"

阿尔蒂尔站在镜子前面梳头时意识到,靠这个吸引他的女邻居,似乎没什么用。他在壁橱里翻了翻,找到一瓶放了很久的阿玛尼香水。好一阵喷。然后带上了他的工具。钻头。卷尺。销钉。几秒钟之后,他的手指按在门铃上。是露易丝为他开的门。

"这是我挑的。"她一边自豪地说,一边把窗帘指给他看,"其他,都是灰色的。"

"不用向您解释我需要在哪扇窗户上挂窗帘了。"夏洛特小声说,语气客气得出奇。

半小时之后,阿尔蒂尔叉着腰,欣赏着他的作品。他在修修补补方面从来没有什么天分,但是结果"还不错",就像魁北克人说的那样①。窗帘看起来装得很结实,当然销钉有那么一点儿太粗了。露易丝走过来。阿尔蒂尔辨认出她的小手握着一

---

① 魁北克法语与法国法语在表达上有所不同,"pas pire"是魁北克法语的说法,这里有戏谑的意味。

支粉色铅笔。

"看!"她说着,把一张纸伸向了他。

画在一小张活页纸上的一幅画。只需要一点想象力,就能够分辨出某人的灰色侧影,穿着粉色上衣,弯腰站在凳子上,在灰色的窗户前安装粉色的窗帘。在露易丝的涂鸦中,他的肚子很大,而且窗帘杆还有点倾斜。阿尔蒂尔核实了一下两端。不幸的是,它们被证实了。

"这是我收到的最漂亮的一幅画。"阿尔蒂尔没有撒谎,因为这是他收到的唯一的一幅画。

阿尔蒂尔迫切地想告诉夏洛特,她的女儿和他自己都能看到粉色。但是他不敢冒险,害怕再次被认为精神失常。

"您是做什么工作的?"因为没有找到更好的方式开始对话,他最终这么问。

"我是色彩专家。"

是的!她在嘲笑他。他不问了。他折叠起小纸片,放进上衣的里兜。

"好的,不打扰你们了。如果您有什么事,随时都可以找我。"

"谢谢。"夏洛特简单地回答了一声,然后用关门声加重了语气。

阿尔蒂尔在 QG 停下来。不管怎么说,忙了一整天。辛苦了一整天。而且,今天还是品尝博若莱新酒的日子①。一种新的一天看到的酒。

《世界报》官网显示

E.L. 詹姆斯②即将出版她的新小说:《一百万种灰》。

---

① 博若莱新酒是指一种在法国博若莱地区当年酿造的葡萄酒,不同于其他葡萄酒的是,这种酒不适于久藏,最佳饮用期不超过第2年的5月。每年11月的第3个星期四,博若莱新酒在全球统一开瓶,被称为博若莱新酒节。
② E.L. 詹姆斯(E.L. James),英国女作家,代表作有情欲小说《五十度灰》。

"告诉你,我能看见这瓶葡萄酒的颜色。"阿尔蒂尔不停地重复,这次是对默默,他的快递员朋友。

"我呢,我告诉你,葡萄酒不说颜色,而是说色泽。"他回答说。

"那么,这瓶博若莱新酒的色泽怎么样?"

"这瓶?介于被稀释的水泥、健力士啤酒和维安多酱汁之间。"

"好吧,那从前呢,什么色泽?"

默默挺起胸膛,表现得很在行,一边晃动杯中的红酒,一边仔细观察它的光泽。

"葡萄酒行家提到过一种浅红色,泛白的樱桃红,代表着酒的新酿期。"

"这瓶是什么颜色?浅红色?玫瑰红色!我呢,我能证明,今年的博若莱新酒正是玫瑰红色!"

"不,博若莱新酒,不是玫瑰红葡萄酒。"

一个念头在阿尔蒂尔被酒精麻痹的大脑中一闪而过。

"好主意。我来对比一下。胖子,来一杯玫瑰红葡萄酒!"

胖子抬起眼皮，又给他端来一杯酒。

"你看，玫瑰红葡萄酒，不应该被叫做玫瑰红葡萄酒，"阿尔蒂尔感到失望，"我看它几乎是灰色的。表面只有几束淡粉色的光，就这些。我告诉你，我现在是粉色专家。但是我记得，它还带着点橘色。倒霉，我可不想留着它。"他向后仰头，把杯子放在嘴唇上。

"你和你的粉色开始讨人厌了。"吉尔伯特想了很久，朝吧台走过来，准备拿一杯博若莱。

"好吧，你说你能看见这种颜色？"吉尔伯特面露鄙夷地说。

"我保证！"

"我们来做个测试，我想我还带着它，以前它是粉色的。"

吉尔伯特打开了他的钱夹。

"你的驾照是粉色的。"阿尔蒂尔开心地说。

"你把我当成自投罗网的小山鹬了，谁不知道驾照以前是粉色的。看这张照片。"吉尔伯特说着，把它从钱夹里拿出来。

一对和婚礼蛋糕很相配的夫妻，在二十多个盛装的宾客和戴帽子的女士中间摆出姿势，大部分亚洲女宾都和穿着蛋糕裙骄傲地站在她们中间的新娘很相像。阿尔蒂尔盯着吉尔伯特。

"你保养得不错，就像酒精一样。这个是你？"

"是的，你在照片上看到粉色了吗？"

"没有人穿粉色。"阿尔蒂尔一边回答,一边继续喝酒。

"仔细看看!"

"哦……你穿了双粉袜子!"

吉尔伯特惊呆了,盯着他看,张大了嘴巴。

"他不是信口开河。"吉尔伯特最终支支吾吾地对默默说,惊讶极了。

"你的袜子颜色就像鞭炮,有点像这种粉色。"阿尔蒂尔接着说,并且拿出了露易丝的画,"这是我对面邻居的女儿送给我的。"

"天哪!"吉尔伯特看到图画喊出声来。

"怎么啦?"阿尔蒂尔问。

"我的妈呀。"胖子深呼吸。

"我的天哪。"默默最后说,延续着对话中的口吻。

"怎么啦?"

"我看见它是粉色的,你的画!"胖子嘟哝着,仿佛看见了圣母,见证了《玫瑰经》里的奇迹。

"我也看见了!博若莱也是,它现在也是粉红色的!"默默惊叹道。

"我看见我照片上的粉袜子了!"吉尔伯特惊呼着。

阿尔蒂尔爬上了吧台,把图画举过头顶摇晃着,展示给他周围的十几个酒鬼看,就像拳击场上宣布下一个回合的举牌女郎。

"到处走走!"胖子一边声音颤抖地说,一边摇着铃铛。

《世界报》官网显示

皮埃尔·苏拉热①《黑色之外》系列的一幅油画,以三点一亿美元的价格出售,成为世界上最贵的油画。

---

① 皮埃尔·苏拉热(Pierre Soulages)出生于1919年,法国抽象派画家,作品几乎都是黑色的单色画。

阿尔蒂尔难以入睡。他感到头晕、窒息，于是打开窗户透气。尽管寒冷最终决定占领巴黎，而且他还裸睡着，但他依然在冒汗。"我得戒酒了。"这个星期以来他第三十次这么想。劣质葡萄酒从他的身体里蒸腾出来，在他的额头上形成了汗珠，散发出让他感到恶心的气味。他用两只手小心翼翼地握着那幅已经被揉成小球的画。一个顾客让他把画钉在 QG 的墙上。越来越多的人发出同样的呼声。阿尔蒂尔并不介意同他们动手，这使他想起自己作为橄榄球球员的过去，但他当时不在状态。于是，他偷偷溜走，甚至"忘了"埋单。一阵刺耳的门铃声使他从半梦半醒中惊醒。门铃？上一个按这个门铃的人是门房，来给他送信的。谁会在半夜十一点按门铃呢？胖子来跟我要酒钱吗？阿尔蒂尔赤裸裸躺在床上，毫无力气。

"谁？"他问道。

"很抱歉打扰您，我是记者。"一个外国口音的人说。

"请明天再来。我现在不舒服。"

"我必须马上进去。"

阿尔蒂尔此刻只有一个愿望，就是睡觉，赶走头晕目眩。

"明天再来!"

突然,一阵闷响。有人砸开了他家的门。两个戴着面具、全副武装的人出现在他面前,站在阴影里。

在酒精的麻痹下,阿尔蒂尔没有表现出丝毫恐惧,更多的是恼火。他很快就明白了。他们也是来逼他把画交出去的。

"这是礼物,我唯一的礼物,是属于我的!"阿尔蒂尔大喊着攥紧了那张纸。

"画在哪儿?"第一个人一边问一边去开灯。

他像牧羊犬一样强壮。

阿尔蒂尔刚好利用这个时间把纸球塞进嘴里,把它卡在牙床和面颊之间。

两个男人突然把他从床上拖下来,肚皮朝下扔在地板上,用胳膊锁住他,使他动弹不得。他们的姿势很精准。惯犯。阿尔蒂尔感觉到纸张在他嘴里碎掉。

"画在哪儿?"他以不容置疑的口吻又问了一遍。

"混蛋。"阿尔蒂尔骂骂咧咧。

第二个人开始搜寻公寓里每一个隐蔽的角落,简单粗暴。他推翻了桌子,清空了抽屉、壁橱。阿尔蒂尔觉这样的场景很好笑。他把自己看作希区柯克电影里的英雄,置身于打斗中。他们总能逃脱,英雄们。而且,他们最终会躺在一个金发美女的床上。

"妈的,我刚刚收拾过!"

牧羊犬抓住他的头发,抬起了他的脑袋。

"你把它藏哪儿了?"

一对劳瑞和哈迪①,阿尔蒂尔看着这两个入侵者突然想起来。劳瑞和哈迪戴着圆顶礼帽,一直戴到下巴。

阿尔蒂尔的傻笑立刻被哈迪扇过来的大巴掌止住了。图画卡在了他的喉咙里。阿尔蒂尔呼吸困难,张开了嘴。哈迪注意到了那个小纸球。

"吐出来!"他喊道。

太晚了。阿尔蒂尔吞下了纸球。

哈迪把他一下子提起来,大头朝下,同时,用另一只手把他按在自己的胸口前,敲打他的背部。

"找点酒。"他命令劳瑞,同时重新把他翻转过来。他们要让他把图画吐出来。

劳瑞只找到垃圾桶旁边一个空的茴香酒瓶。他都喝光了,这个傻子。又在浴室的洗手池上找到一瓶香水。他们把它塞进他的嘴里。出乎意料的是,阿尔蒂尔不再挣扎,他吮吸着细颈瓶,就像自己心甘情愿一样。

"这样行不通。我们该怎么办?"劳瑞问。

---

① 劳瑞(Laurel)和哈迪(Hardy)是美国两位长期搭档出演滑稽影片的喜剧演员,劳瑞又瘦又小,哈迪又高又胖。

"看我的！"哈迪回答道，同时把他的爪子重重地压在阿尔蒂尔的脑袋上。

他化身为电视答题竞赛场上一个知道正确答案的选手，阿尔蒂尔的脑袋成了蜂鸣抢答器。他在上面敲了好几下，用了最大的力气。阿尔蒂尔每次都发出一声惨叫，以极其相似的方式模仿着蜂鸣器。他的大脑，漂浮在脑髓积液中，随着每次打击，碰撞在颅盖内板上，他的意识中燃放起五颜六色的烟花。哦，漂亮的蓝色！哦，漂亮的红色！最后一击更加猛烈。压轴的彩色烟花使他失去了意识。阿尔蒂尔最后只听到哈迪的命令："我们打开他的肚子！"

阿尔蒂尔赤裸着倒在卧室的地板上。几秒钟,几分钟,几小时,他不知道过去了多久。两个男人在他家客厅里激烈地争论着。他悄悄睁开一只眼睛,身体一动不动。胸口没有血。看起来他还活着。他看见劳瑞穿过房门,手里拿着菜刀。他的菜刀!好消息是他已经好多年没有磨过刀了。坏消息是,他偷偷听到了他们的对话,他正慢慢接近地狱的边缘。

"我来干掉他!你呢,你去翻他的肚子,把那团纸找出来!"劳瑞说。

"为什么不能反过来?我的西装可是全新的。血可不好干洗。而且胆汁是酸性的,会破坏颜色。"

"你的西装现在是灰色的。"

"黑灰色!可我不想留下斑点。"

"那我们只能来猜硬币了。"哈迪说着,从口袋里拿出一枚硬币。

阿尔蒂尔感到头痛。几秒钟之后,肚子会更痛。"我更愿意腿痛。"他暗自思忖,一下子站起身来,迅速朝敞开的窗户跑去。不假思索地，他从三层楼上跳了下去，又从QG的挑棚上弹了起来。最终他左脚着地，标志着糟糕的一天即将开始，很快，他又扭伤了脚踝。求生的本能。阿尔蒂尔忘记了疼痛，尽可能快地朝十四区的警察局跑去。然而，影响他的速度的不是他淌血的双脚，也不是他疼痛的脚踝，而是他不得不用一只手遮挡的男性的象征。于是，当值班警官惊愕地看到一个像虫子一样全裸的男人朝自己跑过来时，警官以为他在害羞。

把话筒留给夏洛特之前,天气预报播报员正一脸茫然,支支吾吾地播报着天气情况,北部阴,南部,尽管没有云,也是阴天。

分享一个好消息:彩色的消失使我们对白色、灰色和黑色的感知更加敏锐。比如生活在极圈周围的因纽特人,他们能够用二十五个以上的词语来定义白色,这表明终日接触白雪,使他们的感官变得敏锐了。而我们那些在电子游戏,特别是竞技游戏上花费大量时间的年轻人,猜猜发生了什么?长时间以来他们对近似色的感受力更加灵敏,尤其是灰色系,这使得他们在黑夜里看得更清楚。

是的,对颜色的灵敏度根据时代和文化在演变。比如在亚里士多德时代,只存在五个颜色词:白、红、绿、蓝、黑。再没有任何词语来描述其他颜色。这或许能够证明希腊人不那么敏感。明与暗是主要的概念。人们仅仅根据它们在白黑之间的亮度区分颜色……在古代,白色是极亮的黄,而黑色是最暗的蓝……

很多民族很久以来一直混淆了蓝色和绿色,比如阿兹特克人或日本人。几个星期之前,一个日本司机,在原来的绿灯前说"蓝灯",而灯的颜色和我们西方的绿灯是一模一样的,我刚好提醒一下所有冒失的司机,绿灯就是从前的三色灯上最下面的灯……

明天见,亲爱的听众朋友们。

"马努,来听听这个!"一位便衣警察喊道。

士官马努走进办公室,看见一个裸体男子坐在椅子上。打印机结束了噼噼啪啪打字的声音,便衣警察从里面拿出一张A4纸。一边读一边笑。

名叫阿尔蒂尔·阿斯托的人宣称:今晚我和一些常去酒吧的朋友们一起庆祝博若莱新酒节,酒吧在巴黎,名叫QG,在我家楼下。我清楚地看见新酒是粉红色的。当我把邻居小朋友所画的一幅图画拿给酒吧其他客人看的时候,所有人都看见了粉色。我们喝了几杯,逢人便说,随后,我就回家睡觉了。几小时之后,两个蒙面人破门而入,试图抢走我的画,于是我把画吞了下去。入侵者是危险的职业犯罪分子。在他们两个猜硬币决定谁为我开肠破肚的时候,我跳窗逃跑,径直跑到你们的警局报案。

士官马努挠了挠头:LSD加上博若莱,更糟糕!
"很好。先生,请在这里签名。"

"这一切确实很难让人相信,但都是真的!"阿尔蒂尔拿起笔,补充道,"一定是酒吧的某位客人告诉他们的。"

"您非常危险,"马努一边重重地点头,一边得出结论,"我们将把您放到一个安全的地方待上几小时。"

"现在我担心的是,他们都知道这是我的小邻居给我画的画。她也应该被保护起来。我不知道她的门牌号,但是她就住在对面的三楼。她的名字是露易丝。她妈妈叫夏洛特。"

"当然!我们还会派出一架直升机巡逻。从高处,我们能定位,如果看到一群粉色大象在巴黎出没的话。警官,给他一条裤子和一件衬衫,送这位先生去醒酒室。在那儿,他们永远也找不到你。"士官冷笑着。

走出警局的时候,阿尔蒂尔想到的第一件事就是在酿成大祸之前去通知他的邻居。对于她们的作息时间,他所知道的全部,就是夏洛特会去学校门口接露易丝,然后一起乘地铁回家。他不敢回家,于是尽量隐蔽起来,耐心地在站台上等待。她们通常十七点前经过,他想。

"请问,现在几点了?"他向一位老妇人问道。

老妇人先是后退,然后低下头,加快了脚步,没有回答他。他明白自己光着脚,没有洗漱,还穿着一条特别肥大的裤子,看起来一定不怎么体面。

"我只是想知道现在几点了。"他向周围好几个人恳求。

"十五点三十二分。"最终,一个蓄着胡子,看起来很时髦的人,看了看他的苹果手表,回答他。

已经过去很久了。或许学校现在已经关门了。或许她们已经遭遇了不幸!阿尔蒂尔感到恐慌。"没有人相信我。连我自己都不信。"

阿尔蒂尔绝望了。"如果我能找到她们,我发誓再也不碰一滴酒。""一整天不碰!"当他看到一根白色手杖从一节车厢伸出来的时候,他很快又补充了一句。一秒钟之后,他认出了夏洛特和她那穿得像小公主一样的女儿,她们手挽着手。阿尔蒂尔已经重复了十多遍他将要说的话。他会被当作傻子,但他没有选择。他唯一的机会,就是和露易丝说话。他在站台上等着她们经过,为了让小女孩看见他,他保持着坐姿。

"你好,露易丝,你知道吗?你的画人人喜欢,我把它给我的朋友们看了。每个人都喜欢。"

露易丝因为受到赞美而紧张,小脸儿变得红扑扑的。

"听着,阿尔蒂尔,"夏洛特认出了他的声音,"我很感谢您帮我挂好窗帘,但是现在,我再一次请您离我们远点。"

阿尔蒂尔改变了策略。

"你们现在很危险。您的女儿有一项天赋。我不知道为什么,也不知道她怎么做到的,但是,她画的画使粉色再次出现了。您知道吗?她用我送她的彩色铅笔画的那幅画。只不过,是这样的:某些人想拿走她的画。他们可不开玩笑。"

"我能给您提个建议吗?"夏洛特回答道,声音尽量温柔,"您最好不要再喝酒了。您的酒味几公里都能闻到。"

"我求您,先不要回家!"

夏洛特不再说话,拉着露易丝的手继续走,露易丝扭着脖子还在看阿尔蒂尔。她们走出了地铁站,阿尔蒂尔在三十米左右的地方跟着她们,不知所措。在外面,他闻到一股烧焦的味道,越来越浓。快走近他们小区的时候,他仍然跟在她们身后几米远的地方,他明白了。夏洛特和露易丝的公寓着火了。黑色的浓烟从窗户里冒出来。一辆消防车鸣着警笛,风风火火地超过了他们,阿尔蒂尔猛地冲向妈妈和女儿。

"是你们的公寓着火了!不能待在那儿!我向您保证。这些人很可怕。"

夏洛特突然停住了。一切来得太快。一个酒鬼声称露易丝具有某种天赋,而且她们有可能因此身陷险境。如果她相信停在百米之外的消防车汽笛的声音,那么,很有可能是她家着火了。会不会是他放的火?从他帮我安窗帘开始,那串挂着金丝雀的钥匙就找不到了,是他偷的吗?或许是他,一个危险人物。一定是的,这是个精神失常的人!她把露易丝拥在怀里,紧紧地搂在胸前。

"我的铅笔,妈妈!"孩子发现了火光,哭起来,"铅笔在我卧室里!我要把它找回来。"

"快跑吧,"阿尔蒂尔说,"如果我们被发现了,他们什么都做得出来。"

夏洛特犹豫着。露易丝似乎很相信他。而且为什么她的第一反应是想拿回一支普通的铅笔？她本应该更担心她的毛绒玩具。为什么她总是只穿粉色的衣服，不久之前，她还说这是给小宝宝的颜色？

"快，上来，"阿尔蒂尔刚刚拦住一辆出租车，大喊道，"我们去你们想去的任何地方。"

餐桌边上二十多双眼睛在二十多副镜片后面观察着阿尔蒂尔。所有人都在品尝皮尔丽特烹饪的墨鱼汁浸羊排，搭配颜色灰暗的葡萄牙波尔图葡萄酒。"至少颜色挺协调的。"皮尔丽特观察着正在品尝食物的房客们感叹道。

阿尔蒂尔刚刚讲述了他那令人难以置信的经历。有些人对他的话表示怀疑，有些人毫不怀疑他是个大话王。还有些人似乎在闭着眼睛思考，如果他们没睡着的话。只有吕西安，膝盖上坐着他的外孙女，不时地点点头。

"我真希望这是真的，"他嘟哝着，"就像皮埃尔·达克[①]说的，如果大脑是粉色的，那么世界上就会减少很多阴暗的想法。"

"我向你们保证，这个小女孩和我，我们俩能看见粉色！看，那位女士穿着粉色！你们问问她。"阿尔蒂尔指着一位皮肤皱巴巴的老妇人说，她在摇椅上昏昏欲睡，头部有节奏地晃

---

① 皮埃尔·达克（Pierre Dac，1893—1975），法国幽默作家，喜剧演员。

动着，就像钟摆一样。

西蒙娜轻拍她的胳膊想要叫醒她。

"奥古斯蒂娜，你的衬衫是什么颜色的？"

"灰色！"她一边说，一边猛然惊醒，看着自己的袖子。

"以前，它是什么颜色的？"

"绿色。"

"你确定？"

"也可能是蓝色。"

阿尔蒂尔认出了从前的唱片行经理，还有烹饪大师，他见过她们在茶屋玩猫的样子，但他很快切换了头脑中的画面。

"露易丝，告诉他们，那位女士穿着粉色！"阿尔蒂尔生气了。

"大人总把自己想说的话强加给孩子。"吕西安打断了他，"到现在为止，露易丝，你什么也没吃。你得尝尝，这个可好吃了。"

吕西安从外孙女的盘子里叉起一块肉，把叉子拿给她。露易丝厌恶地闭上嘴。

"我不想吃羊肉，羊太可爱了。"

"对了，为什么我没有早点想到。"夏洛特有点自责……她在自己的座位上转过身，在手提包里翻来翻去，"至少，人们会知道这一切是否只是天方夜谭，是不是该把他关进疯人院或者戒毒中心。"

"露易丝,你不是有礼物要送给外公吗?"她一边对她说,一边拿出一个信封。

"这是给你的,外公!"

吕西安打开了信封,朝图画看了一眼。当他注意到羊排的粉红色时,一下子噎住了,咳嗽了好一阵。

"你也不想再吃羊排了,对不对?"露易丝问道。

图画从一个人手里传到另一个人手里。好几个人的假牙掉了出来。

"你的衬衫确实是粉色的,奥古斯蒂娜。"西蒙娜把画递给了她,温柔地说。

"我就是这么说的。"奥古斯蒂娜一边回答,一边加大了头部的动作,接着,又闭上了眼睛。

夏洛特试图寻找答案。是不是图画激活了大脑 V4 区域和意识激活区域之间的神经元连接?这简直太棒了!

"最好所有人都能看到!"她大声说,"但是,我不想有人找到我的女儿。"

"或许,我有个主意。"西蒙娜小声说着,把画抢了过去。

第六章

那天,人们发现了"绝对噪音"

前唱片行经理穿着黑色机车服,戴着好几个耳钉。她的神态、步伐、行为方式、思维模式都与她的年龄背道而驰。面颊上深深的皱纹,从嘴角开始斜着向上生长,在她的脸上雕刻出永恒的微笑。那只老公猫一定能在她的生活中引起捧腹大笑,阿尔蒂尔一边想,一边和她往巴黎区域快铁①的车站走去。

她提议一起做个游戏:看谁能在路上发现最多的粉色。西蒙娜以120∶110领先。透过快铁的车窗玻璃,阿尔蒂尔发现粉色是广告设计师最偏爱的颜色之一。事实上,只要留心,随处可见。

"111。"阿尔蒂尔在沙特莱站指着一个年轻人戴着的一顶婴儿粉的博尔萨利诺毡帽宣布,"这一定是从他奶奶那里借来的。"

"200。"西蒙娜指着一个糖果商的下巴,带着胜利者的语气回应他。糖果商全身粉嘟嘟的,在一个桃红色的商店里百无

---

① 区域特快铁路(RER)是巴黎地区的通勤铁路网,贯通巴黎及邻近地区。

聊赖地等待着顾客对他的淡粉色或其他 E124 号色素的糖果产生兴趣。很明显,他的生意不怎么样。

"我们就去那边。"她拉着阿尔蒂尔朝电子音乐声越来越大的地方走去。一个骨瘦如柴的年轻人穿着运动服,头发油腻,站在一个调音台前,手指有节奏地敲击着一些方形的大模块。在他面前的地板上,一顶倒置的帽子里放着几枚微薄的硬币。

他创作了一段男低音循环播放。然后继续有节奏地按动不同的按钮,加快敲击,加入了钢琴和铜管乐的声音。然而,过往的行人完全没有注意到他。

他拿起电吉他,连接到调音台上。

"是面孔乐队[1]的《褪色》。"西蒙娜刚听到几个音就欢呼起来。

男孩低沉粗犷的嗓音与他的年龄对比鲜明。他的演绎还是不错的。西蒙娜开始跳舞,音乐家看着她微笑。他的表演还不成熟,但是不得不说完全发自肺腑:一旦他开始吉他独奏的时候,安格斯·杨[2]也不能否认这一点。

---

[1] "面孔"(Visage)是英国的新浪潮乐队,成立于 1978 年。新浪潮音乐延续了朋克的叛逆精神,将朋克音乐与电子音乐相融合,不同的新浪潮乐队风格表现出很大的差异性。下文提到的《褪色》(*Fade to grey*)是其代表曲目。
[2] 安格斯·杨(Angus Young)是澳大利亚摇滚乐队 AC/DC 的主音吉他手。

"他每天都在这里表演。"西蒙娜一边向阿尔蒂尔解释,一边请他共舞。

《世界报》官网显示

一家LSD注射大厅即将在巴黎营业。

全世界的电视台几乎同时中断了它们的节目,开始转播用手机拍摄的不那么专业的视频:一场巴黎地铁站的地下音乐会。音乐家的歌声让人群为之疯狂,旁边放着一顶帽子,里面的几十张钞票之间露出一部分画着粉色老鼠的涂鸦。歌手采用了电子音乐的版本,用狂热的激情演绎着皮雅芙①的《玫瑰人生》。

一看到这段非专业视频里的老鼠,每位电视观众感知粉色的神经元就连续激活了数以百万的神经细胞之间的连结,最终建立起对这种颜色的自觉感知。粉色于是随着音乐重新出现在黑白世界里。

一些电视观众流下了幸福的泪水,还有一些在胸前画着十字。一些人狂笑着冲出了家门,还有一些人则惊慌失措,无法移动,坐在电视屏幕前,目瞪口呆。

---

① 艾迪特·皮雅芙(Edith Piaf,1915—1963)是法国最著名的女歌手之一。《玫瑰人生》是她的代表作品。

令人担忧的是突发性心脏病和不计其数的昏厥。消防员和医院忙碌不堪。电视台不得不向公众增加一条警示信息：鉴于图片的"震撼力"，建议静坐收看。几个小时的时间，这段视频在 YouTube[①] 上就超过了《江南 style》[②] 的 26 亿次点击量。到处都是相互亲吻、拥抱在一起的人们。司机们按动汽车喇叭发出雷鸣般的响声，打开窗户一边行驶，一边把粉色的布料、毛绒玩具当作旗帜挥舞着。

橄榄球球迷们以为在法国的球场上获得了欧洲杯的胜利。最年长的人感觉自己又一次在巴黎解放战争中侥幸生还。

数千名日本人临时举办了他们传统的"花见"活动，也就是在樱花树下野餐，通常在春天举行。现在是十一月，樱花树都光秃秃的，但是对于日本人来说，粉色的回归意味着他们将能够再次欣赏到这种淡粉色的花。

---

① 一个视频网站，供用户下载、观看、分享影片或短片。
② 《江南 style》是韩国音乐人于 2012 年 7 月发行的一首单曲，同年 12 月成为互联网历史上第一个点击量超过 10 亿次的视频。

住客们在夏洛特、露易丝和阿尔蒂尔的帮助下，愉快地装饰着老年公寓的排演厅。退休的老人们把房子里能找到的所有粉色的东西都放进了客厅。露易丝小心翼翼地在每个盘子里放上棉花糖色的纸巾。夏洛特的电话响了。一个机器人的声音提示短信的发送者。来电……老板……广播电台。

夏洛特把电话放在一边。这是梅迪·托克的第六条消息。

阿尔蒂尔不小心听见了这个金属质感的声音。

"您在广播电台工作？"

"是的。"

"您做什么工作？"

"我告诉过您，我是色彩专家。"

"夏洛特……您是夏洛特·达丰塞卡，专栏编辑！是的，当然，这个声音……"

阿尔蒂尔惊呆了。这个许多年来一直让我们热爱颜色的人竟然从来没有看见过颜色！

"太棒了，"阿尔蒂尔接着说，"您能够解释发生了什么。"

"这不可能，我没法说是我女儿的一幅画使粉色重新出现了。这也超出了问题,就像我在吹牛。"

"无论如何,媒体已经找到了它们的解释。"阿尔蒂尔安慰她,读出了智能手机上的一条消息,"这个未来'所有时代最伟大的巨星'达到了完美的造诣,对《玫瑰人生》无比真诚的演绎使这个美好的颜色又回来了。比'绝对耳朵'更妙的是,这个腼腆的年轻人拥有'绝对嗓音'。在网络平台上,这个商业化的标题很快成为收费下载的销售冠军。这位歌手今天下午在录音棚演绎了克里斯·埃塞克的《蓝色旅馆》和 UB40 乐队的《红,红的酒》。不幸的是,红色和蓝色尚未出现。"

"唱片公司把他当成下金蛋的夜莺了!"夏洛特笑起来。

"在大约每分钟二千五百转的时候，我能看到粉色。"阿杰伊使出租车的发动机发出轰鸣声，然后停下来，注意到这一点。他睁开眼睛，用手机打开 YouTube，上面有很多图片都来自他的家乡，那里举国欢腾。粉色的细雨降临在印度次大陆上。所有的城市都临时举行了粉色的胡里节①。整整一天，印度人在彼此脸上涂抹了数千吨的粉色颜料。这并非每年都能看到的孩子气的狂欢，而是遭受过苦难的民众重获希望的宗教游行。颜料被掷出，一只手颤抖着，认认真真计算着剂量。出于迷信，很多印度人立刻下决心不再洗澡。

阿杰伊关掉了电话，长久地凝视着汽车灰色的车身。

当他看到贴在遮阳板上的象头神迦尼萨的粉色画像时，汽车差一点熄火。迦尼萨好像正用他的长鼻子指着变速箱，对他说："前进！"是因为迦尼萨是扫除障碍的神，还是因为粉色给

---

① 胡里节是印度的传统节日，在庆典期间，人们追逐打闹，在彼此的身上泼洒颜料和彩色的粉末。

他增加了一小剂乐观的精神？阿杰伊一边叹气，一边加速。出租车开动起来，离开了停车场。他把车停在曼哈顿街最糟糕的热狗商面前。香肠在粉色的人工色素之下假模假样。阿杰伊点了四个，一边等，一边观察着一家花店前摆放的一长列鲜花。兰花、玉兰、绣球花、芍药、孤挺花、银莲花、风信子、大波斯菊、花毛茛、大丽花、菊花、簕杜鹃……顾客们只购买粉色的花。

尽管肚子发出咕噜咕噜的声音，阿杰伊还是决定开始工作。他载了一位要去华尔街的乘客。金融市场已经重新回暖。金融家们的热情建立在所有粉色制品的销量回升之上。纺织品、服装、玩具、餐桌饰品、家具、布艺、装饰品……几个小时之内，所有粉色的东西都销售一空。

人潮涌向粉色的金子。

此刻，阿杰伊的车上是一位时装店老板。他也是笑逐颜开。他将夏天的存货"新色彩"系列重新推出市场，狂热的顾客们来不及等店员把衣服摆上货架就抢购一空。阿杰伊一边开车，一边在想要不要把车喷成粉色。但是他的同行们已经想到了，纽约的车行连一滴粉色的喷漆都没有了。甚至整个国家都没有。

晚上，他计算了一下赚得的小费，乘客们的慷慨使他大吃一惊。他想应该可以给自己买点小礼物。当然啦，粉色的。回到家，他打开电脑，登陆了易贝网。主页的图标立刻变成了粉色。他输入"粉色"作为关键词。第一项拍卖品是一个普普通通的穿着纱裙的芭比娃娃。价格超过了一千美元！其他的拍卖品还在继续竞价。他很快合上电脑屏幕，打开了游戏机。他把声音开到最大，闭上了双眼。

阿尔蒂尔在老年公寓的一个不久之前才空下来的房间里醒来。他的身体因为缺乏酒精正经历着一阵阵痉挛。他的枕头是粗布的。他感到发热,又感到发冷。他看了看手表,快十一点钟。白色的月光透过百叶窗在中灰色的墙面上留下一道道斑纹。一个灰粉色的花瓶正插着几束泛灰的玫瑰干花。外面,司机们的喇叭协奏曲,因为"爱好粉色"或者说"崇尚粉色",更加起劲地继续着,使他想起了白天发生的事情。

大概十二小时以前,在公寓的音乐会上,退休的老人们品尝着吕西安储存的全部粉红香槟,多多少少有些节制。"我更想要一杯石榴汁。"阿尔蒂尔在两首曲子之间故意大声说,以确保夏洛特能听到。

成功地偷窥桌子上的酒杯的每一分钟,都带给他反抗的力量。这是一场神经突触的堑壕战,对阵的双方是决定自制力的神经元与分泌多巴胺的神经元。惨烈的战争,交战双方实力悬殊。有那么一刻,大脑皮层的"满足"系统占了上风。叛徒。阿尔蒂尔不情愿地看到自己拿起一个诱人的空杯子,靠近他的双唇，头向后仰，想要吞下杯子底部剩下的最后一滴香槟。一个木偶，被酒神巴克斯牵着绳子。这一滴酒愉快地点燃了他的食道。

"我已经戒酒了。"他一边信誓旦旦，一边真诚地想到了夏洛特，就在那一刻，她出现了。

夏洛特用鼻子深深地吸了一口气。

"您可以随心所欲。"夏洛特反唇相讥。

阿尔蒂尔本想争辩，但是他该如何解释呢，杯底最后的香槟怎么能不算数呢，规则恰恰依靠"例外"来检验。而从前的规则早已经被"翻转"了至少十个来回。

"我让我的女儿用各种品牌、各种颜色的铅笔画了画。"夏洛特接着说。

"然后呢？"

"铅笔在她看来都褪了色，她的画还是灰色的。我知道了，你给她的粉色铅笔一定是色彩饱和度极高的。"

阿尔蒂尔颤抖得越来越厉害，他的眼睛无法离开夏洛特手里的香槟杯。

"二十倍剂量的色素！"他最终回答道。

"你们是不是还制造了其他颜色的铅笔，它们含有同样丰富的颜料？"

"是的，但都被回收了！"

"您得去找一找，看看在某个我们不知道的地方是不是还剩下一些。这事关重大。"

"我很想帮助您。但是……"

"您不是要帮助我,而是帮助所有有机会看见颜色的人!"夏洛特很生气,转身离开了。

阿尔蒂尔立刻走近了吧台。"我很想帮助她,但是我首先要戒酒。"他一边自言自语,一边要去拿……微弱的自制力复苏,阻止了他。他跑回自己的房间躲起来,在酒瘾和懊恼中哆哆嗦嗦地进入了睡眠。

阿尔蒂尔穿过这所住宅，注意到四处都是粉色的墙壁。有正粉色，就像糖果的粉色，或者颜色更丰富的庞巴度玫瑰和牧羊女玫瑰的粉色，还有浅粉色，就像野玫瑰或者小乳猪的颜色。在所有的房间里，一抹抹粉色被或浅或深的灰色分隔开。那位女设计师若是置身这样的色彩搭配，一定会感到无比愉悦。

他悄悄靠近客厅，身体抖动得越来越厉害。突然，双腿被大脑所囚禁，拒绝再向前迈步。他听见房客们正在讨论由谁来替代已故的"偏爱强烈色彩"的室内设计师。大部分房客都希望能迎来一位花商。阿尔蒂尔还知道露易丝和夏洛特已经被邀请留在这里，直到他们的公寓修复好。阿尔蒂尔在走廊的镜子里看见了自己：一个患了帕金森的流浪汉！我不想让人们再这样看待我。他逃向了快铁车站。新鲜空气让他感觉舒服了一些。随处可见的粉色甚至让他有精力下载了一期夏洛特的节目。

当你们看到一大片粉色时，与你们凝视着幸福的画面时，大脑活跃的区域是相同的。我们经常说的"把生活看作粉红色"①这个表达是有科学依据的。

研究者们在幼儿园的教室里测试了这种颜色对于幼童行为的影响。在粉色的环境下，他们画的画含义更加积极，这表明了色彩的影响有相当大的一部分是先天的。

科学家们甚至将男子监狱单人牢房的墙面刷成了鲜粉色。犯人们很快就变得不那么好斗了。一名前大学教练……嗯，夏威夷大学队的，听说了这项研究，决定把客队的更衣室也刷成鲜粉色，以此削弱对手的意志。他想把荣耀和胜利留给自己！客队队员们并不打算满足他的职业规划，并且对他的装修策略感到疑惑，向大学体育比赛的组织机构——西部运动员联合会提出了申诉。后者，在一番冷嘲热讽之后，在它的章程中增加了一项条款：客队的更衣室要和主队的更衣室保持同样的颜色。故事没有说后来在夏威夷是不是有两间粉色的更衣室，也没有说这位教练是不是实现了他伟大的职业抱负……

明天见，亲爱的听众朋友们。

在快铁的车厢内，阿尔蒂尔感到震惊。一大半乘客都穿着粉色。人们相互交谈，微笑，大笑……就像彼此熟悉一样。一

---

① 在法语中，"把生活看作粉红色"指的是，乐观地看待生活。

位西装革履的先生对社会边缘人群表现出极大的同情心,并且主动恭维他们其中一人的上衣。当阿尔蒂尔在丹费尔-罗什罗车站下车时,好几个陌生人甚至对他说再见。他在站台上向他们挥手示意,目送列车驶离。这是前所未有的。一路上,行人们也都穿着粉色的衣服,所有人的心情似乎都很好。在外面,他又遇见了挎着海棠色包的男人,他曾向他微笑。但是他已经不记得这个巧合了,当这个男人朝他微笑,并且对他的上衣竖起大拇指时,他的惊讶达到了极点。粉色的再次出现,也是一个使它摆脱女性化含义的契机。阿尔蒂尔准备回家,但是路过酒吧的时候,他感受到了致命的诱惑。这时,夏洛特漂亮的面孔出现了,太阳镜下粉嫩的面颊。他闭上眼睛,想把这幅画面保存在紧闭的眼睑之后。她是他的保护天使,他的女神,为了她,他将不再踏入 QG 的门槛。"我不能回家。"他想,"现在不能。我还把持不住。快,尽快远离这里。"

但是能去哪儿呢?他一边问自己,一边迅速浏览着手机通讯录。终于,找到了一个不喝酒的朋友。事实上,这个规则让他的选择很受限制。他停在了索朗热的名字上,这其实是显而易见的。与此同时,他意识到他想念她的陪伴。

《世界报》官网显示

自粉色重新出现后,百分之八十的法国人认为他们的下一代会比自己生活得更好。

索朗热张开双臂迎接阿尔蒂尔，就像一位祖母对她离家出走的孙子所做的那样。她什么都没问。在位于蒙鲁日简朴但漂亮的独栋小屋里，她把儿子的房间给了他，他们俩的年纪大概不相上下。过了一个星期，阿尔蒂尔还是不敢问她的儿子在哪里。某些事情让他觉得她在遭受痛苦。这是他第一次意识到没有父母的消息也让他很难过。

阿尔蒂尔和索朗热同病相怜，彼此之间甚至不需要开口，自然而然就能够相互适应。一个默契的约定。在索朗热的照料之下，他又开始走上坡路，开始重建自我。索朗热是他的阶梯。她细心地清空了她的橱柜，扔掉了所有的酒瓶，甚至包括她用来清理壁橱的白醋。人们永远不会知道……

这个女人大半生时间是和工厂的同伴们一起度过的，她刚刚直面被迫退休带来的孤独。阿尔蒂尔是那个按下电梯按钮的人，他使他们两个可以一起离开暗无天日的地下。

阿尔蒂尔在客厅安装了她儿子的拉伸机，一种健身器材，全新的，从来没有使用过。他停下来，看着他的朋友，她忧伤的神色与从不离身的粉色连衣裙形成了鲜明的对比。

"我想把客厅刷成粉色。"她一边有点气恼地说,一边快速走向壁橱。"杂货店里只剩下灰色的涂料了。不过,我买了这个!"她继续说着,拿出了两只粉色的玻璃小猫。

"太棒了!"阿尔蒂尔真诚地欢呼起来,这让他自己也大吃一惊:"我居然会觉得它们很美?"

她把这两个小东西放在壁炉上,就像两个看门人。

阿尔蒂尔很想让索朗热开心起来,他仔仔细细寻遍了整个街区,想找到一滴颜料,或者一平方厘米的粉色彩纸,却徒劳无获。他耐心地在一家糖果店前花了大概半个小时,想要买一些糖豆和几块淡粉色的马卡龙,以便不用两手空空地回家。然而,小点心统统限购。每人不能多于五份。

在一座工地的围栏上,有一张胡乱粘贴的海报:一名政客,面部棱角分明,穿着粉色的西装,打着粉色的领带。"与我一起,共同开创粉红色的未来。"阿尔蒂尔用手机拍了一张照片,立刻发布到脸书上。他顺便看了看朋友们对他前一天晚上发布的内容怎么回应:一张照片,地铁上一位女士用绳子牵着一头小猪,八十个赞。然而,他只等待一个赞,来自那位从来不看他照片的女士。他请求夏洛特加他为脸书上的好友,她没有接受。然而,她自己的个人账号却十分活跃。他好几次按下她的电话号码,却不敢触动那个曾经是绿色的按键。无论如何,他感到自己无能为力,没有任何机会。更加让他感到失落的是,他注意到男人们突然变得分外殷勤,花店已经被抢购一空。当他们走在路上时,他们又重新开始握着妻子的手。巴黎带着玫瑰水的调调。美好的爱情流淌在大街小巷的每一个角落,最终给阿尔蒂尔带来了力量。一种重新找回力量的力量。

此刻,他打开收音机准备聆听夏洛特温柔的声音。他戴着耳机,穿过一个十字路口,听见"夏洛特·达丰塞卡的色彩专栏"即将开始。阿尔蒂尔在水泄不通的道路中间一动不动,就像一条狗在一只鹌鹑面前停下来。

> 粉色的女性象征大概可以起源于玛丽-安托瓦内特[1]对于颜色的热情。有很多颜色与她相关,比如"女王的头发"这个表达,就源于她的金发,还有"跳蚤棕",是指她的一条连衣裙的颜色,紫色系,泛着棕。但是,她最喜欢的颜色是粉色。她在凡尔赛宫恣意穷尽着这种颜色,羽毛、缎带、奢华的连衣裙,甚至将小绵羊的羊毛也染成了粉色,在小特里亚农[2]的农庄里和它们玩耍。由于这个"奥地利女子"也因为风流韵事而出名,路易十六宫廷的男人们再也不敢穿戴粉色,害怕被认为与王后"交往过

---

[1] 玛丽-安托瓦内特(Marie-Antoinette),法国国王路易十六的妻子。
[2] 小特里亚农宫是一座小城堡,位于凡尔赛宫的庭院,该城堡及其周围的花园归玛丽王后独自享用。

密"。对巴黎的女人们而言，玛丽-安托瓦内特则代表着绝对的时尚品位，她们于是大规模地效仿她，穿戴起粉色。由于再没有任何宫廷男贵族穿戴粉色，男士们就逐渐放弃了这种颜色。今天，日本漫画一定极大地吸取了玛丽-安托瓦内特的穿衣风格。日本的年轻女孩们把自己看作漫画女主角，经常穿着粉色。此外，这也是唯一一个将粉色视为女孩子颜色的东方国家。在黑非洲，男士们经常穿着艳粉色的衬衫，粉色没有任何女性化内涵。他们喜欢粉色与他们皮肤颜色的反差。粉色的阿拉伯头巾也是阿拉伯传统服饰的一部分。在印度，男士们喜爱这个颜色，它代表着积极向上，与法语的"把生活看作粉红色"异曲同工。

明天见，亲爱的听众朋友们。

第七章

那天，打开一瓶好酒的时刻到来了

距离粉色重新出现大概过去了六周。阿尔蒂尔发现花苞们不再等待春天，重新绽放。粉色的光点在枝杈间闪烁。

阿尔蒂尔坚持了整整四十二天，没喝一滴酒。他的身体越是恳求、哀求、祈求着，他就愈加坚决地反抗着，但他知道自己还是很虚弱。

索朗热对他的包容超出了他所能想象的。她从不批评他，甚至不会提出意见，她接受了他本来的样子。为了让他高兴，她甚至将收音机的波段调到了法国国家广播电台。

有好几次，他犹豫着，想告诉她加斯东·克吕泽尔铅笔的神奇魔力，但是他感觉到她想把过去的生活翻篇。她已经划出了界限。

阿尔蒂尔感觉到战斗的灵魂正在复苏，他迫切地想回归战场。这种回归从找工作开始。他准备好了。只差一套西装。虽然有所顾虑，但他还是下决心回一趟家。根据最近的调查，十个人中有九个都穿着粉色，尽管如此，他那件带亮片的上衣对求职面试来说还是不够严肃。

在他居住的街区里，阿尔蒂尔注意到自动计时器的设计被调色工重新修改了，他们选择了"糖衣"的颜色。司机们付停车费没有那么不乐意了……

夏洛特的公寓还没有人住，工人们正在修复，铁锤和电钻发出嘈杂的声音。阿尔蒂尔疑惑地看着两扇窗户上黑色的脚印，它们就像流出来的睫毛膏。他正要回家的时候，脖子上围着粉色围巾的吉尔伯特走出 QG，迎上了他。

"快说，你去哪儿了？胖子把你的号码给了我，我给你打了几十次电话！"

阿尔蒂尔没有回答。

"地铁站的音乐会很棒！"吉尔伯特继续说着，同时炫耀着他围巾的颜色，"我知道是你！这个……粉色。"他说着说着笑了起来。

"你太客气了，但是我戒酒了。"

"就像博若莱一样**新鲜**！"

这是他第一次听到吉尔伯特说笑话。他必须克制住。

"不，谢谢。"

吉尔伯特走回酒吧门口，抬高了声音：

"胖子，阿尔蒂尔来了，给我们两杯博若莱新酒！"

"不，最多一瓶沛绿雅。"阿尔蒂尔反驳说，他犹豫着是不是要进去，但他的双腿已经替他做出了决定，引领着他。

"胖子保存了最后一瓶酒，只给你一个人。"

"在这儿呢。"胖子一只手拿着三个杯子,另一只手拿着一瓶博若莱走了出来。

"不,我向你们保证,哥们儿,一瓶沛绿雅……"

胖子端上来三杯博若莱,不情愿地加了一杯沛绿雅。阿尔蒂尔用尽全力不去碰那杯酒,成功地用一杯气泡水和大家干杯。他的手在颤抖,但他感觉自己很强大。这时,他的电话响了。是默默。

"兄弟,你很危险!"

"什么……"

"别说话!保持冷静,不要引起吉尔伯特的怀疑。我就在对面,马路上。我能看见你们。"

阿尔蒂尔扭头看见了快递员正骑在他的电动车上,发动机还在运转。

"悄悄走开,阿尔蒂尔,快!"

吉尔伯特听到了对话的只字片言,假装友好,紧紧地把手放在阿尔蒂尔的肩头,以此控制住他。这样的殷勤体贴,确实不是他的风格。

"我得去趟卫生间。"阿尔蒂尔说着,尽量冷静地站起身来。

"我也去,咱俩一起。"

阿尔蒂尔掀翻了桌子挡住吉尔伯特,从咖啡店里跑出来。吉尔伯特放松了笑容,但是没有放过他。他紧跟着阿尔蒂尔。橄榄球赛上百米十二秒的速度已经是很久以前的事了。吉尔伯特快得出人意料,就在几米之外。

"上来!"

他肚子向下扑倒在快递员的储物箱上,抓住了快递员的脖子。踏板车几乎失去平衡,但是它在一阵噪声中发动起来。阿尔蒂尔紧抓着大腹便便的快递员的衣领,横坐在比亚乔摩托车上,腿悬在空中,下巴放在他的肩膀上,闭上了眼睛。默默加快速度,成功地甩掉了尾随者。

"你很危险,兄弟!"默默喊道。

"你已经说过了。"

"是该死的吉尔伯特!"

"这我都知道了,谢谢。"

"你以前听说过'三合会'①吗?吉尔伯特为一个女黑手党干活。他把一切都告诉他们了。你那些颜色过分饱满的铅笔,还有那个小女孩儿。他们想要拿到图画,但是似乎你把它吞掉了,他们就去你邻居家了。在她家,他们找到了铅笔和好多画。"

"但是,为什么要放火?"

"因为命令是拿到小女孩的所有图画。但是她画的到处都是,甚至卧室的墙上也有。为了使这种颜色消失,他们除了烧掉公寓没有其他办法。"

---

① 史上曾为反清秘密组织,现代指华人黑社会。

"但是他们为什么要阻止粉色重新出现呢?"

"我不知道。他们一定有利可图。"

"但是失败了!现在到处都是粉色。"

"这只是个开始,兄弟。如果那个女孩能够用你的铅笔使其他颜色出现,她就处在危险中。你也一样。"

"但是谁知道她一定能做到呢?再说,铅笔已经被回收利用了。"

默默在一个荒凉的公交车站停下车,打开了他银色的储物箱。

"这支还没有,"默默露出狡黠的神色,得意洋洋地说着,拿出了一支加斯东·克吕泽尔的铅笔,铅笔上小心翼翼地包裹着一层糙纸,"你的前老板给我的时候,它是红色的。"

阿尔蒂尔仔细地看着深灰色的铅笔。这是一支最新生产的加斯东·克吕泽尔铅笔,因为它的商标要更精致一些,克吕泽尔之前对金色颜料的用量也是尽量节省的。

"小女孩在哪里?"默默问道。

阿尔蒂尔有所警惕。

"这一切你是怎么知道的?"

默默犹豫了一下。

"我有时候给吉尔伯特送货。我求你,把铅笔给她。她可能会让红色回来。"

"这和你有什么关系?"

"如果我说我想念颜色,你相不相信?而且,我希望在我的一生中,至少有一次,我能做点好事……"

"现在你引火上身了,吉尔伯特看见你了。"

"我不怕他。无论如何,已经有十年了,我对自己说想回国。至少,这会让我不得不回去。而且,你会看到我姐姐做的瓦尔达斯……"

"那是什么?"

"一种粉色的杏仁点心。会让人幸福得想要哭。现在,你快一点,在他们找到你之前。"

"我会见机行事的。"阿尔蒂尔说,他还是有些怀疑,把铅笔放进了上衣的里兜。

他上了一辆刚刚停下的公交车,并且确信默默走了另外的方向。

阿尔蒂尔注意到一只飞舞的蝴蝶,就像一只夜蛾。它停在对面座椅的椅背上,继续摇摆着它的一对大翅膀,似乎想要将它们从灰色的外罩中挣脱出来。

《世界报》官网显示:

百分之八十的法国人同意将埃菲尔铁塔刷成粉色。

夏洛特在广播电台的节目每天都会吸引更多的听众。有几个早晨,她因为大脑一片空白而感到焦虑。幸运的是,她收到越来越多来自色彩爱好者的信件。西尔维为她筛选,把最有趣的那些读给她听。有位听众为她提供了一个特别有趣的故事,这成了当天的主题。

在粉色和对约翰·费茨杰拉德·肯尼迪有影响的女性之间,有种神秘的联系。约翰不是出生在一颗卷心菜里,而是出生在一朵玫瑰花中①。玫瑰是他母亲的名字②,正是她的教育使他成为一名领导者。

一九六二年,当玛丽莲·梦露穿着一条绝美的紧身连衣裙③唱"生日快乐,总统先生"时,粉色成了总统先生的爱神厄洛斯之谜。

---

① 法语中有这样一个说法:女孩出生在玫瑰花间,男孩出生在卷心菜中。文中是对这句话的改写。
② 女名 Rose 本义指玫瑰花。
③ 一条肉粉色连衣裙。

一年以后,在达拉斯,他的妻子杰奎琳的帽子和香奈儿套装都是粉色,那是他在他的敞篷车后座上看到的最后一抹色彩。子弹之下,被鲜血染红的粉色。

一种玫瑰花以约翰·F·肯尼迪的名字命名。它们均匀地盛开在他的墓地上。

明天见,亲爱的听众朋友们。

夏洛特的电话在震动。

"您的女儿在哪里?"

夏洛特很快听出了阿尔蒂尔的声音。

"在学校,怎么啦?"她半是警惕、半是惊讶地回答。

"必须马上找到她!您让我去找其他高饱和度的彩色铅笔,我找到了一支。我们在公寓见。"

今天是个理想的日子,可以让吕西安最喜欢的其中一瓶红酒透透气。这瓶酒一直安安静静地在他的私人储藏室里等着。储藏室被他悄悄地设置在床底下。

"哧哧哧……"瓶塞欢快地发出声响,一瓶法定产区级别①的葡萄酒,出产于拉尔扎克阶地,巴德埃斯卡莱特酒庄,二〇一五年。绝无仅有的年份。吕西安与皮尔丽特、西蒙娜、夏洛特碰了碰杯。当皮尔丽特津津有味地描述着红酒的色泽在宝石红和樱桃红之间的差异时,阿尔蒂尔仅仅满足于一杯粉色柠檬水。

吕西安和夏洛特从王子公园球场上回来,他们观看了锦标赛头十多分钟的比赛,巴黎圣日耳曼对马赛队。比赛开始前一个多小时他们就到了圣克卢门。凭借国际足球联合会的终身通行证,吕西安在主席台上找到两个位置。不过,尤为重要的

---

① 法国葡萄酒的等级分别为,日常餐酒(VdT)、地区餐酒(VdP)、优良地区餐酒(VDQS)和法定产区(AOC)。其中 AOC 是最高等级。

是，他能够毫无困难地出入更衣室——球场的核心，核心中的核心。他去那里问候英国籍的主裁判，后者正在穿衣服。这位年轻的同事认出了他，这让他备感骄傲，他在这个身材瘦小、穿着短裤的年轻人旁边坐下来。他皮肤泛灰，胳膊上和腿上的颜色要更深一些，类似农民受过日晒的肤色。上身有几个粉红色的斑点。很可能是湿疹。他似乎并没有为即将要执法比赛而感到紧张，吕西安给他提出了一些建议，他用略带英国口音的声音回答他："愿上帝用他神圣的手因您的智慧而保佑您"。

"我相信您能够为这件运动衫增添荣耀。"吕西安最后说了一句，把裁判服递给了他，一件黑色的马球衫，胸前的两个口袋分外明显。

夏洛特喜欢陪父亲去球场。她像所有观众一样兴奋。她感觉自己置身于一场盛大的交响乐，有五万名音乐家，二十二位乐队指挥。音乐家们全神贯注地关注着草坪上乐队指挥们的手势，继而吼叫、咆哮、沉默、鼓掌、喝彩、欢呼。根据他们的状态、在场上的分布和他们的力度，夏洛特立刻知道球队是射中，还是失掉了一次机会，或是发生了一次失误。

随着欢呼声响起，夏洛特知道球员们刚刚上场，前面站着三名裁判。

主裁判从来没有见过这么多的摄像机。这是一次上座率极高的比赛。此刻他压力倍增，想起了吕西安的话：

"是一位小学老师让我明白了最好的执法方式。每次学期开始的时候，她都用同样的方法。一开学，她就先打击那些最顽劣的学生，以此树立威信。之后，她只要顺其自然即可，再也不用高声讲话。"

球员们都很紧张，关注着输赢。两队队员怒目相视。一群斗牛犬。只是他们的短发更让人想起赛级贵宾犬。此外，更加相像的是，他们中甚至有一个人把头发染成了粉红色。

马赛队员穿着粉色，巴黎人则受到设计师让-保罗·高缇耶的启发，穿着条纹衫。裁判吹哨，比赛开始。马赛队重复了几十个回合的配合试图对巴黎圣日耳曼攻其不备。两名马赛后卫深入前场试图助攻。中锋把球传给了第一名队员，第一名队员触球之后，传给了第二名队员。在与中锋一次快速的一对二的配合之后，第二名队员来到禁区附近。巴黎人差点被两翼包抄，他们中有一个人撞倒了马赛队的意大利籍防守队员。于是，顺势而来的七八个跟头使他称得上专业的喜剧演员。

错误并不明显，但是判罚必须坚决。裁判吹了罚球，拿出白色的喷雾在地面上画出一道线，画出了人墙的位置。六名巴黎队的球员站在白线后，胳膊放在耻骨处，保护着他们的子孙后代。一名马赛球员站在足球前。巴黎队防守球员偷偷地小步移动，试图缩短距离，轻踩在白线上。裁判提醒他们注意秩序，命令他们后退。球员们都服从了。或多或少。只有一个人几乎没有移动，还踩在白线上。他用眼神藐视裁判。裁判盯着他灰色的挑衅的双眼，举手以示愤怒，命令他向后退。巴黎人象征性地后退了不到一厘米，并没有垂下眼睛。脚后跟还站在画出的线条上。裁判迅速地思考着，试图克制愤怒评估事态。这该不该出示黄牌？不。但是一秒钟之后，他发现球员再次向前移动了。出于愤怒，裁判把手伸进口袋，里面放着他的黄牌，他将向球员出示。摄像机给出了特写镜头，巴黎队的球员们，全神贯注地盯着比赛，甚至没有注意到刚刚出现了红色。就在那里，一张手绘的、粗略着色的小卡片上。只有一件事对他们来说是重要的：裁判做出了一个明显不公正的判决。他们冲向他。就为了这些，一张红牌？

　　裁判有些焦躁，在第二个口袋里寻找着从前是黄色的那张卡片。他怎么会搞乱顺序呢？新手的错误！出乎意料的是，他从里面拿出了一张真正的红牌，荧光红，他意识到红色又重新出现了。一名巴黎队的球员以为这张新的红牌是给他的。显然是因为他用了"婊子"一类形象化的字眼问候了裁判的亲戚。他愤怒地挺起胸脯，走到距离裁判几厘米的地方。他们身高差不多，但是球员至少比裁判宽了一倍。裁判只看见他充血的眼睛，离自己的眼睛几厘米远，红通通的。观众们大喊大叫。裁判看到他周围到处都是红色。一座熊熊燃烧的红色地狱。后退的时候，他撞到了一名马赛球员，这名球员正在嘲弄他的对手们，向他们展示自己指甲修剪得很整齐的中指。对巴黎队来说，没有任何疑问：裁判被收买了，假球，就像在那个"伟大时代"发生的①。九人对抗十一人，他们毫无胜算。没人知道第一个恶意动作来自哪里，但是仅仅过了几秒钟，二十二对拳头、脚丫、颌骨欢实地礼尚往来着。从观众的呼喊声中，夏洛特准确地判断出发生在场地上的斗殴。

"混蛋！"她大声喊道，忘记了自己良好的教养。

导演违心地选择了一部正在拍摄马赛队和巴黎圣日耳曼队队旗的摄像机。马赛队的字母 M 仍然是灰色的，但是圣日耳曼队的队旗现在有一半是红色的。吕西安把手伸给夏洛特，注视着草坪上飞溅的黏稠的泛着胭脂红的血红蛋白。它与灰色的球员们和淡灰色的草坪形成了完美的对比。在混战中突然响起了一声尖利的哨声。裁判的这声哨音意味着松开他腿肚子上的颌骨是比较有教养的做法，同时也意味着中断和推迟比赛。如果可以放过他的小腿肚……所有的观众都站起身来，满腔愤怒。一些人试图搬动座椅。圣日耳曼队的队服一部分是红色的，穿着它们的那些人是最狂躁的。

---

① 指发生在 1993 年震惊足坛的马赛假球案。

吕西安和夏洛特迅速离开了混乱的球场,把浅灰色的裁判证留在了座椅上,上面印有国际足联的标志。吕西安想着将要和女儿,还有公寓的朋友们,喝上一杯最好的朗格多克红酒,感到一阵喜悦。

阿杰伊的出租车停在联合广场和十四号街的交会处。他很喜欢这个广场的氛围，出色的棋手们坐在塑料箱子上在街头对弈。有些人弄到了红白色相间的棋盘。他一边等待乘客，一边透过他的老爷车车窗观察着他们。

两个年轻姑娘上了他的车，给他出示了一个哈勒姆附近的地址。阿杰伊忍不住在他的后视镜里打量这两位刚上车的乘客。两个一模一样的复制品，懒洋洋地坐在后座上。都是漫画女主角的打扮，穿着粉色格子超短裙，头上戴着同色系的粉色蝴蝶结，白色的袜子一直到膝盖。美国再次成了"小甜甜"的国度[①]，他暗自想道。这两个小伙伴之间没有交流，各自忙着敲击手机键盘。

事实上，她们俩不在一起的时候才可能交流。估计她们只用短消息交流，阿杰伊笑了。

突然，她们中的一个尖叫了一声。他立刻有所反应，把脚

[①] 此处指日本著名动漫《小甜甜》(*Candy Candy*)，故事发生在20世纪初的美国，讲述少女小甜甜的生活和爱情经历。

踩在刹车上。后车的司机来不及刹车。钢板撞击的声音。保险杠撞上了保险杠。第二个女孩跟着也大喊了一声。但是与车祸无关。她似乎甚至没有意识到车祸的发生。是她的同伴给她看的手机视频引起了她的尖叫。

两位司机下了车,都很礼貌。一个为刹车而道歉。一个为没有刹车而道歉。但是,两个人看到女孩们没有受伤都很欣慰。阿杰伊敲了敲后面的车窗请两个女孩下车。她们只是透过车窗把手机屏幕上的视频拿给他俩看。一位足球裁判手里拿着一张长方形的红色卡片。

后车司机立刻失去了意识。在他倒地之前,阿杰伊刚好来得及扶住他。

住客们刚刚吃完午饭。皮尔丽特在清理餐桌,她很高兴地看到她的酥皮夹心番茄被吃得干干净净,特别是今天还有客人:露易丝、夏洛特和阿尔蒂尔。

吕西安穿着粉色的旧衬衫,袖子处有些磨损,正在朝他的外孙女走去,小女孩趴在地上,在西蒙娜温柔的目光下涂涂画画。

露易丝用她大红色的铅笔画了一个圆圈,她的双腿一会儿交叉,一会儿分开,就像虾的触须。

"我好想画一个黄色的太阳。"她叹了一口气。

"你有没有听说过一个很遥远的国家叫日本?"西蒙娜笑着问她。她回忆起曾经的一场巡回演出,和派翠西亚·凯丝[①]一起,她在远东可是真正的明星。"你知道那里的孩子用什么颜色画太阳吗?"

"红色?"

"是的。初升的太阳是红色的。"

---

① 派翠西亚·凯丝(Patricia Kaas),出生于1966年,法国著名女歌手。

"我喜欢穿红色。"夏洛特接着说,她循着女儿的声音走过来,摸着她的头发。

夏洛特竟然对颜色有所偏爱,这让阿尔蒂尔感到很惊讶。

"红色对我有好处。当我置身于一个红色的房间时,我能感受到一种能量,一种积极的热情。"

"我们能不能说,它对于大多数文化来说都是最漂亮的一种颜色?"吕西安问。

"是的,比如在俄语中,'红色'和'美丽'是同义词。在莫斯科,人们不说'红场'①,而是说'美丽的广场'。这是翻译上的问题。"

"你知道狄德罗的名言吗?"吕西安接着说,"世界上最美的颜色,是少女面颊上纯真、青春、健康、谦逊、害羞的一抹红色。"

"真是太美啦!你想聊一聊这种红色吗?"夏洛特一边问,一边掐了掐女儿的小脸蛋。

"是的,但是我,我还是想要黄色。"露易丝带着哭腔重复道,尽管她心底里很享受成为谈话的中心。

夏洛特把她拥在怀里,阿尔蒂尔欣赏着夏洛特怀抱着迷你夏洛特。

---

① 红场,位于莫斯科市中心,是俄罗斯举行各种大型庆典及阅兵活动的中心地点,也是世界上最著名的广场之一。

露易丝与他目光交错,带着绝望的神色。

"我会为你找到一支黄色的加斯东·克吕泽尔铅笔,亲爱的,我发誓。一言为定!"

露易丝离开了妈妈的怀抱,笨拙地与阿尔蒂尔击掌,定下了誓约。夏洛特微笑着。他不知道她的微笑是对他,还是对孩子。他决定收下这微笑并且对她报以微笑,因为,似乎她能感觉到这一切。樱桃红的眼镜点亮了她灰色的面孔,双颊微微泛出粉红色。

阿杰伊从来没有见过这样的纽约市。司机们变得紧张、易怒。他们在每一条街道的尽头狂按喇叭。好像所有的司机在开车前都吞下了一杯混合着咖啡因和安非他命[①]的鸡尾酒。交通灯又变回了红色,对于所有那些看过视频的人而言,也就是对所有人而言,在仅仅一小时之内。然后,纽约人开始不停地故意闯红灯。车身闪闪发光的红色消防卡车全部出动。阿杰伊开着他被撞坏的出租车,一路上目睹了至少五次事故,终于到达了布朗克斯巨大的汽车修理厂。这里,在几十台凹凸不平的汽车之间,只有污渍、灰尘和油垢。修理厂唯一的装饰,就是用图钉固定在一台旧机器上的倍耐力轮胎的日历,停留在十二月,展示着一个性感尤物,只穿着红色内衣,戴着红色绒球帽子,帽子的边缘是白色的,让人相信圣诞老人的存在。这个颜色更突显了她挑逗的姿势,唤醒了蛰伏在每个男人身上的本能欲望。

维修工穿着连体工作服接待他,在重重油污之下,衣服上

---

① 一种精神类药物。

的红色几乎看不出来。

他朝车身后部弯下腰,开始吹口哨。不是八分音符,不是四分音符,也不是二分音符,而是全音符。

阿杰伊琢磨着夜莺维修工曲子的时值,他明白,为他的老切克马拉松找到替换的保险杠并不容易。

"不要紧。"他一边想,一边确定机票就在他的口袋里,"纽约实在太危险了。我要去度假。"巴黎在他看来自然而然成了最终的目的地。粉色和红色都在那里重新出现了。或许在那里,他有机会找回黄色。此外,那里也是那个陌生女人的国家,她曾经热情如火地和他一起度过了跨年夜。

第八章

那天,红色被证实是一种暖色

索朗热体贴地为阿尔蒂尔准备了樱桃果酱吐司。果酱的颜色完全掩盖了面包的灰色，看起来相当美味。阿尔蒂尔思考着要不要告诉她，在重现颜色这件事上，自己所担当的角色，还有那些克吕泽尔铅笔的角色，但是他不愿她为自己担心。还好，她不在家，而且给他留了言。她的妹妹邀请她去一个葡萄疗养中心做一周温泉疗养。她把房子留给了他，请他照看壁炉上的小猫咪。

阿尔蒂尔带着面包片上路，一路狼吞虎咽。在圣日耳曼德佩，他去了他最喜欢的文具店。之所以喜欢，是因为在六个月的推销期里，那是唯一从他手里买过加斯东·克吕泽尔铅笔的一家店。他想了想，它也有可能是整个巴黎唯一一家出售加斯东·克吕泽尔铅笔的店铺。或许颜色消失的那天有人给它送过货。大街上，裙子更短了，大多数女人都用红色搭配粉色，引起了男人们新一轮的"歪脖病"。汽车也吸引着人们的眼球。法拉利、蓝旗亚、阿尔法·罗密欧、意大利红全都出动了。在红色的交通灯下，两辆火红的汽车引擎隆隆作响。交通灯转向灰色的那一秒，两位驾驶员猛踩油门。男性荷尔蒙的竞赛。

在生意萧条的文具店里,红色和粉色交织在一起,打破了这家不太景气的店铺里冷冷清清的氛围。一个四十岁左右的女人,他以前从来没有见过,端坐在老旧的、表皮剥落的柜台后面。她看起来不太舒服,嘴上涂着粉红色的唇膏。粉红色的唇膏搭配大红色的衣服……太没品位了,他一边在心里嘀咕,一边记起自己今天系了栗色的腰带,穿着黑色的鞋。"我也没什么品位,但是这看不出来。"他放心了,顺便偷偷瞄了一眼他的鞋,颜色是一种比他的腰带稍稍深一点的灰色。

"请问卡菲埃罗先生在吗?"

"他,他……他很忙。"售货员费力地回答道。

"我是加斯东·克吕泽尔公司的阿尔蒂尔·阿斯托,我打算向你们回购那些我们送来的、已经失去颜色的铅笔库存。"

"您是否可以过一小会儿再来?"售货员终于一口气说完了这句话。

"您需要我为您叫医生吗?"

"不必了,我很好。"

"那就好,我争取明天再来。"阿尔蒂尔叹了口气,往外走。

"不,请等一下!"不知从哪里传来一个男人的声音。

似乎,是从柜台下面传来的。一股看不见的力量把收银员的转椅向后推,阿尔蒂尔看见了卡菲埃罗先生的颈背,他正跪在他忠实的合作伙伴前方。她的脸变得通红,以至于面部皮肤的颜色达到了饱和的状态,可以和她纯棉衬衫的颜色相媲美。粉红色的口红与全身的装扮更不协调了。她迅速地整理了一下她粉红色的裙子。

"我还有五十盒左右的库存,"文具店老板在他的下属面前一派"生意优先"的口吻,"我按单价出售了所有红色和粉色的铅笔,"接着,他朝向阿尔蒂尔继续说,"我希望你们能收购剩下的盒子,还有其他颜色的铅笔。"

"您不会不知道加斯东·克吕泽尔公司已经破产了,我纯粹是以个人的名义,出于职业道德来拜访您。我想以一欧元的价格买下它们。"

文具店老板迅速走进仓库,很快,就带着一个巨大的箱子走出来,箱子里装满了加斯东·克吕泽尔的金属盒子。

"我很欣赏您的努力。我同意每支一欧元的价格。阿涅丝,请您来为我计算一下。"

"您误会了。我想象征性地给您一欧元,为您清理剩下所有的铅笔。"

店员悄悄向她的老板投去挑逗的目光,咬了咬嘴唇。

"好吧,一欧元全拿走!现在,请您离开吧。"文具店老板叹了一口气,把箱子放在了阿尔蒂尔的怀里,眼睛紧盯着他的模范员工的胸部。

阿尔蒂尔也不再讨价还价。

"您有零钱吗?"他拿出一张二十欧元的钞票问道。

"走吧,我白送给您了!"文具商发了火,一直跟着他走到门口。阿尔蒂尔听见卷闸门在他身后重重落下的声音。

在广播电台的工作室里，夏洛特在她的专栏开播前几分钟，听见她的同事在播报新闻，恶性事件层出不穷。

精神病患者切开了自己的血管，通过欣赏血液的颜色获得快感。不计其数的性骚扰。当局建议女性提高警惕，避免独自一人走夜路。各方极端主义者为自己的过激行为找到理由。全世界的预言家将红色与撒旦联系在一起，向公众宣扬神的审判：人间正在变成地狱。但是，最令人担忧的是，中东局势紧张。所有的阵营都在谈论"战争的必然性"。

夏洛特惊恐地发现，文明正在退步。然而，这是不可避免的：红色尤其能够刺激我们大脑的动物性，唤醒我们的性冲动，使我们变得恐惧或者暴力。所有动物都受到这两种原始反射的支配：繁衍和求生。燎原之火，如何熄灭？

人们认真研究了现代奥林匹克运动会从最初起所有的古典式摔跤比赛，发现在百分之六十七的情况下，穿红色战袍的摔跤手能够战胜穿蓝色战袍的对手，比例超过了三分之二。在跆拳道比赛中，穿红色护胸甲的队员比穿蓝色护胸甲的队员要高出 13% 的得分点。在英国足球超级联赛中，利物浦、曼彻斯特和阿森纳，是仅有的三支穿着红色球衣的球队，自"二战"以来，他们在七十一次比赛中赢得了三十九次冠军！科学家们肯定了这一点：穿着红色看上去更加强壮，更有力量。现在，正是时候开始运动啦。

明天见，亲爱的听众朋友们。

下午，阿杰伊躺在蒙马特尔酒店房间的床上，恢复了体力。旅行糟透了。飞机起飞的时候，一名恐慌的乘客紧紧抓住邻座的膝盖，邻座的女士马上扇了他一耳光，控诉他性骚扰，要求调换座位。孩子们轮番哭闹，就好像要轮流值班，以保证飞机上没有片刻安静。还有更使乘客们感到不安的。一些格外易怒的乘客责怪空乘人员没有及时按照他们的需求为他们服务。空乘人员对此报以同样严厉的回答。

飞机最终降落的时候，乘务长用话筒广播"愿大家旅途愉快"，一阵口哨声立刻响起。后面的话原本是："我们期待着与您下次见面"，然而，"滚"字脱口而出，这又引起了新一轮的众怒。

就像每次出国旅行一样，阿杰伊收听了当地的国家广播电台，每个国家广播电台都有人"一直在讲话"。听不懂没关系，旅行，对他来说，首先是尽可能地接触当地人。他们说话的语调有时能让他感受到全新的色彩。各种外语，类似音乐，向他讲述了很多，关于他所遇见的人，他们的精神、心理、情绪。

从今天早上起,他认定了巴黎人表现得和纽约人一样紧张。当他听到一个声音响起的时候,突然从床上坐了起来,这是一个女性的声音,语调平稳、欢快,带着笑意,似乎没有受到恐惧的影响。从他踏上法国的土地,这是第一个积极向上的声音。或许,甚至是自从红色出现以来,他想。阿杰伊闭上眼睛,准备好好享受。很快,在他面前出现了一个紫罗兰色的斑点。这是第三次有人类的声音在他闭着眼睛的时候显现出这种颜色。这是跨年夜在他的出租车上充盈的强烈色彩?还是他曾经放过鸽子的那个乘客的颜色?他猜测着,或者仅仅是个偶然。一定有成千上万的声音有同样的颜色。为了换换脑子,他翻开了旅行指南,开始规划行程,但他还是无法集中精神。他唯一想找到的,就是这个声音的所有者。

《世界报》官网显示。

"听得"[①]已经超过"闪聊"和"脸书",成为用户数量最多的网络程序。

---

① 听得(Tinder)和下文提到的闪聊(Snapchat)以及脸书(Facebook),都是国外盛行的社交软件。

露易丝坐在公寓的餐桌前抽泣。阿尔蒂尔为她带来了文具店所有加斯东·克吕泽尔彩色铅笔的库存。他一个接一个打开了盒子,她一支接一支尝试了每一支铅笔,然后生气地不断重复着同一句话:

"我不喜欢灰色铅笔!"

当阿尔蒂尔打开最后一盒的时候,孩子不再说什么,流下了眼泪。

"很抱歉,我的宝贝。"阿尔蒂尔向她道歉。

"你向我保证过的!"露易丝抽泣着。

阿尔蒂尔感到懊恼,来到了花园,坐在楼梯的台阶上。露易丝只能在那些饱和度极高的、工厂最后一个工作日生产的产品上看到颜色,可悲哀的是,它们统统已经被再循环利用了。

夏洛特把毛茸茸的"胖嘟嘟"塞在女儿的怀里来安慰她,"胖嘟嘟"是一只粉色的精灵宝贝,球形,灰色的大眼睛,是西尔维送给她的礼物。之后,她一个人循着阿尔蒂尔绝望的叹息声,走近了他。

"您已经尽力了,阿尔蒂尔。"

"不！露易丝说得对，我答应过她要找回所有的颜色。"

他仔细打量着夏洛特。一绺深色的头发遮住了她的樱桃红眼镜。

"夏洛特，我们能不能单独谈谈？"

"我们走走吧。"她用温柔的声音回答他，同时，挽起他的胳膊。

阿尔蒂尔带着她走进花园。夏洛特感觉到微风吹动着她的头发。她一再调整使她鼻子发痒的那一绺，轻柔地把它放在耳后。空气炎热，南风吹来。阳光轻轻透过她的眼睑，使一部分视杆细胞活跃起来，她的眼睛感受到一阵刺激。花香让她明白他们正朝一个长椅走过去，从前它是暗绿色的，就在一大片鲜花旁边。她的脚下，碎石嘎吱作响，她感觉到它们被踩进了土地里。她知道他们已经走到了长椅前方。她松开了阿尔蒂尔的胳膊，转过身，轻轻坐下。看到她竟然能够如此自如地在空间中感知方向，阿尔蒂尔很惊讶。他走到她面前。

"您必须把一切告诉警察，让他们来保护您和您的女儿。至于我，他们不相信我，除了这些，我不知道我还能做什么。"

"当然啦！"她讽刺道，"作为盲人，我最有资格，让别人相信我的女儿能使颜色重新出现。"

夏洛特在阿尔蒂尔身上闻到了阿玛尼香水的味道。她深深地吸了一口气，没有任何乙醇的气味。

"你没再喝酒,这很好。"

阿尔蒂尔注意到她不再用您来称呼他。这份突如其来的亲切给予他力量,让他提出了这个难以启齿的问题。

"对您……不……对你来说……颜色意味着什么?"他一边轻声提问,一边坐在了她的身旁。夏洛特犹豫着。

"我觉得我能感受到它们……怎么向你解释呢?"

她想了想从哪里说起。

"上学的时候,你一定学过儒勒·罗曼①。"

"当然,我记得我从前很喜欢《科诺克或医学的胜利》。"

"对,一九二〇年,儒勒·罗曼发表了一部有争议的作品,《超视网膜视界》,在这部作品中,他试图通过无数次实验证明,经过训练,人的身体能够感知色彩,尤其是用手。这种被称为皮肤视觉的感知可能有众多来源。特别是因为,每种颜色有自己的温度,还有波长。我们的身体,就像所有物质一样,也能够发射一些红外线。皮肤的红外线和物质的红外线之间的相互作用随着颜色发生变化。这事实上是人体组织的感知。六十年代,一位俄国教授把橘色定义为粗糙,黄色特别光滑,红色粗糙而富有黏性。"

"这就是你所感受到的吗?"

"或许是的。但是对我来说,首先是气味和口味的混合。

---

① 儒勒·罗曼(Jules Romain,1885—1972),法国作家、哲学家。

例如橘色，有一种温和的气味，就像水果，但它的味道是酸的。当黄色是柠檬的时候，它还要更酸一些，但它也有可能很温和，就像鸡蛋壳的黄色，并且具有水仙花和金雀花的香味。白色是牛奶或者鸡肉的味道，具有椰果和某些兰花的香味。黑色好闻的时候就像甘草和咖啡，有时候就像烧过的轮胎或者久置的饭菜。"

阿尔蒂尔侧耳倾听。看着她一边说话一边摆动双臂。她滔滔不绝。

"红色有卷心菜、醋栗、桑葚的味道，还有红酒的香味。"她带着激情继续说，"粉色有最浪漫的花朵的香味和清晨的味道。蓝色有海水的味道或者很重的奶酪味"。

夏洛特停顿了一下。

"你有没有在花园里闻到堇菜花的味道？"

"没有。"

"类似海水泡沫的味道？"

"这个，闻到了。"

"味道还在那里。和以前一样美。"

"你想说，对你来说，一切都没有改变？"

"不……你们变了！在你们失去颜色之后，每次发生意外事件的时候，我都能感受到你们在走向衰弱。随着粉色重新出现，气氛变得祥和安乐，一切显得如此美好！你们更加愉快，但是与此同时，我感到一种自满，甚至麻木。你们给我的感觉是，我们的世界有些柔弱，就像蛋白松糕沾了玫瑰水。"

"红色就不是这种情况了。人们甚至谈论到一场新的性革命。"

"是的。人类赢得了活力和能量。或许有些过剩了。瓦格纳所有激情澎湃的交响乐都是在红色的房间里创作的。我在你们身上感受到同样的力量，甚至暴力。于是……"

"于是什么？"

"如果你们只能感受到红色和粉色，我们蓝色的星球就永远无法平衡。"

夏洛特转向阿尔蒂尔，把两只手轻轻放在他的脸上。指腹在他的前额和耳朵上方移动。

"你听新闻了吗？她继续说着，手指滑过了他的头顶，"从昨天开始，各地好战分子的言论越来越激烈。"

"他们只盯着红色！"

她的手指温柔地沿着他的双耳、颈部和鼻子，起起伏伏。

"各地的人们都企图发动暴乱，尽管没有什么理由。这是纯粹的暴力。我们的世界变得好斗，比从前更缺乏容忍。我很为露易丝担心，为你，为我们所有人。"

阿尔蒂尔没有回过神来。她为她的女儿，为所有人，特别是，也为他而担心。上一次他这么喜欢的女人为他担心是什么时候?

夏洛特的小指滑过阿尔蒂尔的眼睛,感受到一阵潮湿。她收回了双手。他们都不再说话。

"答应我,你和你的女儿就躲在这里。"最后,他小声说道。

"那么,遵守你对露易丝许下的承诺:找回所有的颜色。在此期间,我会多录几期节目。这样,我就不用回电台了。"

阿尔蒂尔注视着夏洛特,她穿着胭脂红的衬衫。一轮鲜红的落日,绚丽而美好,增强了这种色调。他想吻她。

第九章

那天,一只老鼠受邀去野餐

在开往卡布尔①的火车上，几乎所有的乘客都穿着红色或粉色，像是在庆祝人道报节②时，乐观主义者协会的展台。然而氛围却是电力十足。阿尔蒂尔所在的车厢内，一个人抢占了另一个人的座位，两名乘客为此大打出手。不过，这丝毫没有打扰到几十对情侣像青春期的少男少女一样继续激吻，相互混合着口水。

来到这座海滨城市漂亮的街区，人们像是回到了盛夏。红色和粉色的衣着让人想起克里斯汀·拉克鲁瓦③的彩色时装秀。阿尔蒂尔仍然穿着那件有点过分肥大的粉色上衣。男人们妒忌地看着他，似乎他格外优雅。他来到一座华丽的庄园面

---

① 卡布尔（Cabourg），位于法国西部诺曼底海岸线上的一个海滨小镇。
② 1904年，法国《人道报》作为社会主义报纸创刊发行，直到今天，仍然以反映和维护劳动群众的社会和经济利益为宗旨。人道报节是由《人道报》主办的节日，定在每年9月的第二个周末。包含一系列政治、文化、商业和娱乐活动。
③ 克里斯汀·拉克鲁瓦（Christian Lacroix），巴黎高级女装界的时装设计师，高贵奢华、璀璨夺目是其典型的设计风格。

前，二十世纪三十年代建造，状态完好，如果不算有一扇玻璃窗被打碎的话。在门铃上方，一行细小倾斜的字标记出"克吕泽尔"。就是这里。阿尔蒂尔最后一次练习了他准备好的说辞。他不能对他说出真相，他对自己从前的老板没有信心。他按动门铃，几秒钟之后，听到了电动门打开的声音。他推开大门，进入了植物繁茂的花园，花园打理得很好。一个园丁走出来，穿着粉色人字拖、红色短裤和粉色花朵图案T恤衫，推着一个装满杂草的独轮车。是克吕泽尔！在这身滑稽的服装下，阿尔蒂尔几乎认不出他来了。

"您来这里有什么事，毕加索？"克吕泽尔问道。看到他从前的工人兼销售代表兼出气筒出现，他既吃惊又有些担心。

阿尔蒂尔朝他笑笑，摆出一副老朋友的架势，就好像他们曾一起荒唐、放荡。

"喂，阿德里安，你好吗？"

克吕泽尔一言不发。

"我刚好经过这里，就想顺便借这个机会来和你打声招呼。"

仍旧一言不发。

"你知道吗，阿德里安？我想跟你说声谢谢！我们有过一些小摩擦，我和你之间，但是都过去了，你为我做了很多，我亏欠你太多了。在你身边我学到了好多东西。"

"请您出去，离开我家。"

克吕泽尔靠近了大门的电动装置。

"听着，我想告诉你，我太喜欢在你手下工作了，在那以后，我开始收集彩色铅笔……"

克吕泽尔停了下来。

"但是，注意，加斯东·克吕泽尔，我只收集加斯东·克吕泽尔！"

"您在收集加斯东·克吕泽尔铅笔？"

"正是。会不会碰巧，你还有几支？"

阿尔蒂尔感觉到情况不妙，但他已经无法改变策略。

"我想向你买下它们。我对最后一天的产品尤其感兴趣。实话说，我不知道到哪里去找它们。"

"您不知道？"

"不知道，但是我记得很清楚，在人们拆卸机器之前，你从库存里抽取了一把铅笔。作为行家，你一下子就注意到它们的颜色格外漂亮。你还记得吗？实话告诉你吧，我调整了颜料的剂量。"

"站着别动。"

克吕泽尔不见了，留下阿尔蒂尔独自一人。"事实上，他人不坏，"他暗自想道，"爱摆架子，但是说到底，他其实是个好人。"克吕泽尔回来的时候两手空空。他用双手举起了独轮车上的耙犁，在阿尔蒂尔头上挥舞着。一绺头发遮住了他的一只眼睛，但是另一只眼有两只眼那么大。

"你,你不许动。"克吕泽尔重复道,最终用"你"来称呼他。

"您最好摆脱红色的控制,克吕泽尔先生。"阿尔蒂尔说,并且再次使用了"您",想让他从前的老板平静下来。

"混蛋,连你也跑到我家嘲弄我!"克吕泽尔咆哮着,"我已经报警了,警察正在赶来!"

阿尔蒂尔看了看身后。庄园的大门已经关上了,克吕泽尔站在开关前方。阿尔蒂尔被囚禁了。

"巴黎,圣莫里茨①,现在是卡布尔!"克吕泽尔处在崩溃的边缘。

"巴黎,圣莫里茨,卡布尔。"阿尔蒂尔重复着。像是一句广告语,用于推广某个奢侈品牌的马球衫。但是它们之间有什么关系呢?

"上星期,有人撬开了我在巴黎的住所。奇怪的是,唯独偷走了我收藏的铅笔,那可是我的曾祖父加斯东传给我的**珍藏品**。"

克吕泽尔做出用耙犁敲打阿尔蒂尔脑袋的姿势,但是这个姿势在距离他前任员工脑袋几厘米的地方停下来。

"两天前,在圣莫里茨,看门人告诉我,有人洗劫了我的木屋,再次偷走了我的**铅笔**!这是我父亲和祖父留给我的!它

---

① 圣莫里茨(Saint-Moritz)位于瑞士东南部的格劳宾登州,四周是壮丽的阿尔卑斯山峰,风景秀丽,是世界著名的冬季旅行圣地。

们唯一的价值就是家族情感!"

克吕泽尔满脸通红,恶狠狠地将他的武器靠近阿尔蒂尔的额头。

"这里,甚至就在今天早上!你在我去海滩捡贝壳的时候来打劫我,抢劫了**我自己的藏品**。这是为什么?啊?为什么?"

阿尔蒂尔突然明白为什么玻璃窗被打碎了。

"你居然还胆大包天地出现在我面前,问我**还有**什么地方!"

在克吕泽尔有所行动之前,前橄榄球员迅速占据了前任老板的上风。他争取到时间,按动了开门的按键,跑了出去,头也不回,径直前往火车站,猛冲上第一列火车,一上车,车门立刻在他身后关闭了。老火车艰难地拖着沉重的车厢,开始移动。

"这列火车去哪里?"阿尔蒂尔缓过气来,向一位漂亮的女乘客询问,吓了对方一跳。

漂亮的女乘客穿着鲜红的紧身连衣裙。

"去巴黎。"她微笑着回答,灿烂的笑容使她的红唇分外诱人。

夏洛特坐在电台工作室的话筒前,听见西尔维走进来,在她的旁边坐下来。她的脚步声有些颤抖,与往常不大一样。

"你,刚刚买了新鞋!"

"什么都瞒不过你。一双鲁布托①,在内购会买的。十厘米的后跟。我喜欢鞋底的大红色。这是我最爱的颜色,就像埃及艳后。"她补充了一句,想借此显示自己对色彩也很在行。

"如果我告诉你在那个时代人们为了获得这种颜色都做了什么,你有可能想把它们送给我。"夏洛特开玩笑说。

"不可能!"

"为了给一件长袍染色,必须要收集二十五万只海蜗牛。真正的种族灭绝。但是最糟糕的是,人们要把它们在尿液里浸泡几个月。由于味道太难闻,需要在远离城市的地方加工。你要把你的鞋送我吗?"

"当然不!"

---

① 克里斯提·鲁布托(Christian Louboutin),由法国高跟鞋设计师克里斯提·鲁布托开创的奢侈品品牌。

几年前，研究人员向男性志愿者们展示了两组普通女性的照片，一组在红色背景下，另一组在白色背景下。男性志愿者们标记出他们认为有吸引力的女孩，结果是，红色背景下的女孩比白色背景下的女孩多出了一倍。同样，在偶然情况下，当搭顺风车的女人穿着红色时，驾驶员停车的概率是平常的两倍。同样，在另一种偶然情况下，穿红色衣服的女服务生会得到更加慷慨的小费！为什么女性穿着红色或者涂上口红会更吸引人呢？因为她们通过这一点下意识地向男性表明了自己的性成熟。我们远古的祖先在排卵期时，嘴唇和阴唇会比平时红很多。并且，研究表明，处于生殖期的女性会下意识地、自然而然地穿着红色或粉色。最后，在红色的房间里，情侣们平均每周做三次爱，在白色的房间里则几乎减少了一半。快，拿起你们的刷子！

明天见，亲爱的听众朋友们。

播音室里红色的灯光熄灭了。

"我马上就去易贝网买涂料。"西尔维坐在夏洛特旁边欢呼道。

"西尔维,我不能告诉你原因,但是我必须请几天假。"

"可是这不可能,我们需要你。"

"我已经写了几期专栏。你们可以转播吗?"

西尔维想了想。

"是因为恋爱吗?这是唯一充分的理由。"

夏洛特不想辩解,噘起了嘴。

"我知道你为什么想要我的红鞋子了。"西尔维打趣说。"我要告诉咱们老板。我们俩现在好了很多。"西尔维红着脸又补充了一句。

晚些时候,夏洛特离开广播电台的时候,吉尔伯特保持着一段距离,在外面的水泥台阶上等她。前一天晚上,他出现在夏洛特公寓的看门人那里,假扮成保险员,想与受灾人取得联系。但是,从火灾开始她就没有任何消息了。看门人能告诉他的全部就是她的姓氏以及她在国家广播电台工作。吉尔伯特守候在电台员工入口处,带着手机上从节目网页找来的夏洛特的照片。这位主播,一定自认为是个大明星,拍照时还戴着太阳镜。

吉尔伯特尾随着她冲进了地铁。"没有比这更容易的跟踪了。"看着她拄着白色拐杖前行,他心想。

火车上坐满了人，阿尔蒂尔最终在两个车厢之间找到一个加座，开始思考当前的形势。他并不是唯一想要寻找加斯东·克吕泽尔最后一批彩色铅笔的人。除了他，还有谁会得出同样的结论呢？"三合会"，一定是！阿尔蒂尔想起自己曾经在QG口无遮拦地告诉所有人，尤其是吉尔伯特，他曾经在最后一批铅笔中用光了库存的所有色素。"我简直太傻了。"他一边想一边攥紧了拳头。既然这个团伙已经向铅笔伸出了黑手，他们一定会不惜代价找到露易丝。如果他们不希望其他的颜色重新出现，他们一定会让她消失。

　　突然，阿尔蒂尔看见车厢的另一端出现了一位检票员，他的帽子上饰有红色缎带，很容易辨认。阿尔蒂尔不仅没有车票，而且也没有钱。这个时候他不该引起注意，况且，警察也可能正尾随着他。他回忆起B系列的老电影[①]，试图打开卫生间的门。有人。于是他向与列车员相反的方向走去，穿过一节车厢，来到了车尾。在卫生间门口，指示灯同样用茜红色的字

---

① 指的是低成本的商业电影，风行于好莱坞的黄金时代。

母写着"有人",就像在捉弄他一样。他必须想出办法。在原路折回的时候,他发现了一名昏睡的乘客,车票就放在他的膝盖上。阿尔蒂尔悄悄偷走了车票,几乎没有停下脚步。他故作轻松,实则竖起耳朵等着有人喊"抓小偷"!但是没有,什么也没有……因为座位号被印在票面上,阿尔蒂尔决定尽量远离。他径直走向检票员,检票员甚至看都没有看他一眼,就给他检了票。紧接着,他找到一个空座位,旁边是一位老妇人,亚洲人。这时,有种预感向他袭来,他感到越来越恐慌。如果今天早上歹徒闯入克吕泽尔家,那么他们或许就在这辆车上,或许同样也是亚洲人。他立刻从他的嫌疑人名单上排除了这位老妇人,试图定位所有的东方乘客。"这叫外貌歧视。"他有点羞愧地想道。然而,没有时间讲道理了,他锁定了一个身体强壮的男人,一副小眼镜遮住了他的单眼皮,坐在车厢末端,还有另外一个,年轻一些,坐在列车中部。他打算从第一个入手,于是,他再次向着相反的方向穿过列车。当他经过那个睡眼惺忪的乘客时,他在心里默默向他道歉。那个人正膝盖着地,在检票员怀疑的目光下寻找车票。他靠近了一号嫌疑人。一个真正的相扑手,横纲①级别的,就是那种只用一只手就能将他的脑袋碾碎的大力士。这个大块头侵占了邻座的空间,在他上方的行李架上,放着一个包,上面绣着一条红色的龙。透

---

① 日本相扑运动员的最高级称号,也是终身荣誉称号。

过车窗，巴黎灰暗、凄凉的郊区此刻在同样灰暗的天空下不断延伸。列车没有晚点，即将到达圣拉扎尔火车站。相扑手费劲地从座位上起身，气势汹汹地朝他走过来。怎么办？逃跑？正当如此，然而，他的双腿在发抖。他转过身，闭上眼，等待自己被扼住喉咙，被碾碎，被四马分尸，甚至更可怕。几秒钟之后，他小心翼翼地睁开眼。四百斤肌肉从他面前过去，没有停留。阿尔蒂尔看见他走进了厕所，刚好利用这段时间靠近了他的包。恶龙狠狠地盯着他，嘲笑他，似乎在对他说：你肯定不敢打开这个包，看看里面装了什么。乘客们开始收拾各自的物品，阿尔蒂尔不想被一条龙羞辱，抓起了那个包。火车的刹车声响起，即刻到达。

"这是您的吗，这个包？"一个腼腆的声音在他身后响起。

阿尔蒂尔假装没有听到，拉开了拉链。里面全是灰色的加斯东·克吕泽尔铅笔！阿尔蒂尔发现，其中一些铅笔上，标志要更精致一些，也就意味着是新近制造的。他拉好拉链，把包背在肩上，试着朝出口冲出一条路。他的心脏怦怦怦地跳动着。

"我不认为这个包是您的，先生。"令人恼火的细小的声音抬高了声调，又重复了一遍。

他朝这个女性的声音转过身，对她报以微笑。这是一个矮小干瘪的女人，穿着茜红色的套装，戴着草莓色的项链。

"您在对我说话吗，女士？"

"是的，先生。"

"谢谢您保持着警惕。如果每个人都像您一样,一定会减少很多偷盗行为。但目前的情况是,这确实是我的。这个包属于其他人吗?"阿尔蒂尔询问着在场的人,语气中带着一种连他自己都感到吃惊的镇定。

所有的乘客都保持沉默。那位女士用目光寻找着坐在她旁边的大胖子。他不在这儿。她想,无论如何,不能因为包上有一条龙,就一定属于那个亚洲来的先生。而且,穿着粉色亮片上衣的男人,不会是小偷……

"很抱歉,先生。"她最终嘟哝着。

"您做得很好。我们再谨慎也不为过。"

他们距离车站只有几百米远,此刻大多数乘客都已经站起身来。一个年轻女人推着灰色的婴儿车,里面躺着一个穿粉色婴儿服的宝宝,堵住了出口。就在这时,他看见相扑手走出了卫生间,用目光寻找着行李架上的包。阿尔蒂尔迅速把包放在地上,想把它藏在人墙后面,但是太晚了,"四百斤"盯着他,露出一丝笑意,然后,从右向左摇晃着脑袋,对他说不要这么做,抑或是为了让他明白他本不应该这么做。他太胖了,无法从挡住过道的人群和行李中钻过来。显然,他并不想引起注意。没想到的是,他折了回去,向相反的方向走去。

当然!这节车厢有两个出口,而他正在另一个出口旁边。站台是个死胡同,阿尔蒂尔不得不从他面前经过。火车几乎停下了,他必须迅速做出决定。他打开包,拿出尽可能多的铅笔，把它们藏在裤子里，然后，脱下了他的粉色上衣，不情愿地放在包上面。自动门打开了。

"我来帮助您，女士。"阿尔蒂尔对年轻的妈妈说，语气不容置疑。

甚至还没等她接受，他就搬起童车，下了三个台阶。

"她叫什么名字，这个漂亮的、一身粉色的小姑娘？"

"特里斯丹。他是男孩。"

"抱歉……"

阿尔蒂尔把童车放在站台上。女人刚好在他身后下车，背着自己和孩子的包。

"您推着特里斯丹。我来拿你们的包。"

阿尔蒂尔尽可能自然地往前走，站在妈妈和童车的旁边。看到"四百斤"朝他的方向跑过来时，他的心又开始怦怦跳。或许他离得远没有看清？所以，如果他在寻找一个穿粉色上衣、背着龙饰包袋的男人，他就有机会逃脱。

"四百斤"观察着所有从他面前走过的乘客。当阿尔蒂尔走到和他水平的位置时，他转过头朝婴儿弯下腰。藏在裤子里的铅笔扎进了他的肚子。这个动作对他来说困难至极。

"你好乖，特里斯丹，"他一边说，一边因为疼痛做出鬼脸，"真是棒极啦。"

"四百斤"超过了他们，没有停步，来到了车门口。他推搡着乘客想要上车。阿尔蒂尔面不改色，加快了脚步，后面跟着那个几乎跟不上他的年轻女人。她想,看来巴黎人总是这么匆忙。一个年轻人迎上他们,把婴儿抱在怀里。阿尔蒂尔把包递给他,挥手向爸爸肩头的婴儿说再见,奔向了出口。

《世界报》官网显示

世界军火交易打破了销售记录。

在公寓的大餐桌前,露易丝坐在一把被厚厚的坐垫加高的椅子上,拒绝用新找回的铅笔画画。二十来根灰色的六角形木棍排列在她面前。夏洛特坐在她身旁,抚摸着她的肩膀。阿尔蒂尔和吕西安与她们保持着一段距离,小心翼翼地注视着这个场景。

"我想要黄色的铅笔,妈妈,"露易丝激动起来,"这里没有!"

"试试这支,"夏洛特一边说,一边摸索着拿起一支笔,"你说不定能为我们画出一个漂亮的太阳。"

露易丝拿起铅笔,在纸上重新画出一个圈。仍旧是个灰色的圈。

"我不喜欢灰色的太阳。"露易丝抱怨着。

她跳下椅子,想要离开房间。

"太阳,就是黄色的!不是绿色,不是灰色,就是黄色的!"

吕西安飞快地抓住从他面前经过的外孙女,把她举过他的脸庞,对她微笑。她就像一片羽毛那么轻。

"你为什么跟我们提起绿色?"外祖父温柔地问她。

阿尔蒂尔也意识到了。

"我呢,如果你为我画出非常绿的绿草地,我会很高兴的。"阿尔蒂尔试着说。

"我不想画。"

"那我的老鼠系列呢?"吕西安进一步试探,"我有了粉老鼠、红老鼠,我很想要一只绿老鼠。拜托啦!就像歌里唱的。"

吕西安陪着他的外孙女回到桌子旁边,让她坐在了自己的膝盖上。

"你看见绿色的铅笔啦?"

露易丝什么也没有说,抓起一支灰色的笔,在一张白纸的下方画了几条竖线。灰色的线条。正中间,她画了一个椭圆形,然后涂色。灰色的。阿尔蒂尔和吕西安相互看了一眼,表示疑惑。她紧紧抓住铅笔,在椭圆形的前方轻轻加了两个点。他们猜是眼睛。

"我把绿老鼠藏在草里了,不让它被吃掉。"

几秒钟之后,灰色的老鼠成了变色龙,不易察觉地改变着颜色。他们辨认出灰绿色的光芒,越来越明显。慢慢地,颜色转向了灰黄,接着是鹅屎黄、土黄、橄榄绿、杏仁绿、葱绿、牛油果绿,直到浅绿色、苦艾色。老鼠和草地的颜色最终呈现为鲜绿色。吕西安转过头,第一次注意到客厅地毯上水绿色的图案与房间的门和踢脚线几乎是同一种绿色。

阿尔蒂尔用手指示意吕西安看向窗户外面。他抬起头，注视着花园。从浅绿到深绿，在各种交杂的绿色中，针叶树的针叶恢复了原来的颜色。橄榄树在隆冬季节里炫耀着它暗绿色的枝叶。草坪也找回了它们的色彩。

夏洛特从他们的沉默中准确地捕捉到愉悦的情绪，抚摸着女儿的颈背。

"桌上还有其他颜色的铅笔吗？"

"这支，"露易丝边说边抓起一支，"我要在老鼠上面画天空。"

夏洛特把手臂伸向阿尔蒂尔。折叠的白色手杖从她小巧的单肩包里露出来一截。他们费力地挤出奥赛博物馆的人群。为数不多的游客集中在以红色或粉色为主色调的油画前。波纳尔①的《格子上衣》前面聚集了很多人。一位五十岁上下的女士，优雅、端庄，看着一幅全灰的油画，眼睛瞪大，嘴巴张开，两只脚微微失去了平衡，轻轻地叹了几口气。

阿尔蒂尔和夏洛特从楼梯上到二楼，楼梯上装饰的红色地毯让人想起戛纳电影节台阶上的红毯。突然，阿尔蒂尔抓住了夏洛特的衣袖。"在那儿。"他一边说，一边在《草地上的午餐》②前停下来。从篮子里掉出来的樱桃，在深浅不一的灰色画布上，就像一小片一小片彩色的"绿洲"。夏洛特依靠光亮定位，面对着油画停了下来。她集中注意力想要唤醒其他四种分外发达的感官。周围的噪声被巨大的画布微微吸收减弱。她

---

① 皮埃尔·波纳尔（Pierre Bonnard，1867—1947），法国艺术家，在绘画创作中特别强调色彩。
② 法国写实派与印象派画家爱德华·马奈创作于1863年的一幅布面油画。

闻到了古老油画的味道，这种味道与游客们的气味混杂在一起。她试着想象出构成三角形的四个人物，试着感受那个裸体女人的目光，她从水中走来，出现在阳光下，漫不经心地坐在草地上，两个穿戴整齐的男人旁边。她听见自己的心脏在慢慢加速，双手微微潮湿，呼吸比平时短促。夏洛特来过几十次奥赛博物馆，每次都带着这种相同的无法触摸任何一幅杰作的失望。她太想用指腹触摸它们，感受大画家们的天才。为什么不能让我们，我们这些盲人，哪怕只有一次，触摸这些油画？为什么不能让我们分享这种全世界共同的文化？每次参观的时候，她都这么想。一次就好。

当然，夏洛特很清楚，手指的反复接触和哪怕一小滴汗液的酸性都会使无论哪一种材料失去层次，使颜料消失。但是，一次就好……

"今天，我要让印象派的杰作重新恢复颜色。这值得一次小小的破例。"她在阿尔蒂尔身旁为自己辩解。

"当然。尤其是你女儿的涂色天赋也是……印象派！"他鼓舞着她，尽管对自己的幽默才能并不十分确信。

但是夏洛特笑了，同时从包里拿出了露易丝的画，还有一卷透明胶带，递给了阿尔蒂尔。她听见四次胶带撕扯的声音，然后，做了深呼吸。

"你告诉我什么时候行动。"她小声说。

阿尔蒂尔观察了安保人员所在的位置。他们有两个人，坐

225

在距离画布左侧十米左右的地方。他们严密地注视着人群。一群吵吵闹闹的大学生正进入展室，引起了他们的注意。

"现在！"

夏洛特把图片举在身体前方，小心翼翼地往前走。她感觉到纸张开始接触到亚麻画布。她轻轻按压图片四个角上的胶带，把画固定在马奈油画的左下方。一位参观者看到这一幕，张大了嘴巴。露易丝的老鼠似乎在啃食着爱德华的樱桃。图片上天空的青蓝色融化在野餐布灰蓝色的光亮中。油画右侧坐着的人手指指向老鼠，表情有点吃惊。夏洛特用她的裙子擦了擦手，把流在指腹上最微不足道的一层汗液擦干净，然后小心地把手指放在了油画上。她用无尽的温柔轻轻滑过油画，贴合着画面的凹凸起伏，在某些厚重的笔触上停下来，更好地去欣赏。裸体女子亲切地看着她，请她继续。

博物馆保安员的哨声几乎震聋了夏洛特的耳朵。她听不到了。什么也听不到了。她的大脑只剩下手指的延伸，它们尽情在画布上滑动。她的意识被改变了。她的手指就像十个发射器，它们通过神经系统传送出信号，一直到达她的躯体感官皮层。数不清的美妙感觉弥漫开来，经由神经元连接，直达她的意识。夏洛特洞悉了马奈的天才，最终感受到色彩的和谐。其他的神经元活跃起来，在她僵硬的颈背处造成了不由自主的痉挛。她的眼睑跳得越来越快。

两名保安员从椅子上跳起来。阿尔蒂尔站在中间,双臂分开,想让夏洛特多几秒钟的时间感受画布。但是并没有什么必要,保安员们没有强行通过。他们突然停下来,惊呆了。他们的目光从孩子的涂鸦到大师的杰作。油画后景中的深绿色重新恢复了它们的全部力量。蓝色的野餐布再次衬托出赤裸的年轻女子白里透红的皮肤。保安员们,就像游客们那样,重新感受到波长在四百五十到五百七十毫微米之间的色谱,也就是说,包含了全部的绿色系和蓝色系。尽管画布上还有很多灰色的区域,但是杰作已经恢复了它的全部力量。越来越多的人聚集在油画和涂鸦的前方。"太神奇了!太了不起了!"人们用各种语言欢呼雀跃。"好棒呀!"一位日本游客一边欢呼,一边用手指指着一名北欧游客天蓝色的眼睛。

两名保安员做出相同的反应,转身背对着老鼠,它正在啃食绿色草地上的樱桃。他们控制着人群,越来越密集的人群。阿尔蒂尔加入了他们,双臂保持分开,好让夏洛特再多几秒钟时间,探索到油画的每一平方厘米。她特别喜欢的是把手指放在人物的面部上。

此刻,她的身体从头到脚都在颤抖。颈部后仰。激动不已。唯有她分开的手指的指腹,触摸着油画,似乎是平静的。人们能够透过她的太阳镜上方看到她极度激动的双眼。

阿尔蒂尔没费什么力气就从后来一直沉寂的加斯东·克吕泽尔工厂的后门破门而入。

"千分之一的机会。"他一边对夏洛特说,一边小心翼翼地走进来。

"那也是机会。"她一边回答,一边跟着他行走在这幢破旧的大楼里。

很快,各种气味扑面而来,色素、木头、蜡,混合着油污的气味。

"如果还有铅笔,它们会在哪儿?"

"在老板的办公室里。"他回答,同时引导她向金属楼梯走去。

在高处的台阶上,被清空的工厂显得更大了。他看到地上的一些深色印记,那是从前放置机器的地方。

在克吕泽尔的办公室里,全是整洁的味道。这里已经被清扫过,房间完全空了。只留下角落里的两个搬东西用的大纸箱。阿尔蒂尔立刻走过去,很快就失望了。里面什么都没有。从他的叹息里,夏洛特明白了一切。

她抬起了其中一个箱子，把它完全展开，平铺在地上。又对第二个箱子做了同样的事，把它放在了第一个箱子旁边。缓缓地在崭新的纸板上跪了下来。

"我想做爱。"她说得很坦然。

"我……我不知道……时间，还有地点，是否合适。"阿尔蒂尔支支吾吾地说。

她把他拉到身边，解开了自己的围巾，蒙住了阿尔蒂尔的眼睛，阿尔蒂尔没有任何抵抗。

"我想做爱。"她又说了一遍。

阿尔蒂尔也跪下来，面对着她，感觉到极度紧张。

"你有没有听说过密宗双修？"她问。

阿尔蒂尔无法回答这个问题，她继续平静地说：

"在某些情况下，两个身体的结合能够使灵魂融合，变得卓越而强大。我想把我所有的力量都给你，并且吸取你的力量，使所有阴阳的力量汇集起来。我们需要它们找回颜色。"

阿尔蒂尔因为神经抽搐而感到兴奋。

"我什么也看不到。"他抗议自己的眼睛被蒙住了。

"相反，从这一刻开始你将看见最重要的。"

夏洛特慢慢地为他脱下衣服。

"你知道人们为什么会闭上眼，当他们笑、哭，或者做爱的时候？"夏洛特继续说，声音比平时更响亮一些，与此同时，抚摸着他的胸膛，"这是因为，用心去看才能感受到最重要的东西。你们的眼睛功能太强大了,以至于使其他的感官慢慢变得麻木了。"

阿尔蒂尔明白她想引领自己进入她的世界,他感觉自己放松了一些。

"首先要使我们的呼吸一致,"她一边说一边让他平躺在自己身边,"把你的手放在我的肚子上方。"

阿尔蒂尔颤抖着伸出他的右手,终于触摸到了几个月来他梦寐以求的肌肤。甚至比想象中的还要娇嫩。他的手在离年轻女人肚脐几厘米的地方停下来。他的拇指碰到了她耻骨上的绒毛。阿尔蒂尔意识到她也一丝不挂。

"跟上我肺部的节奏,试着和我一同吸气和呼气。"

阿尔蒂尔集中精神,慢慢稳定他的呼吸。

"好!我们现在保持着同一个节奏。你感受到我身体的温度了吗?它比你的手要热。"

阿尔蒂尔抚摸着夏洛特的腹部,慢慢地把手移向她的双乳。

"你感觉到它们有点凉了吗?"

"现在,我们来使心脏的节奏一致。心脏不会骗人。它是生命的本源。我感觉到你的心跳很快。你用你的手来听听我的心跳。"

阿尔蒂尔离开了右侧乳房,到达了胸骨的位置,慢慢跃过她左侧的乳房,来到了夏洛特的胸口下。

"我什么都听不到。"

"这是因为你没有在听。还不够。你要集中注意力。"

阿尔蒂尔慢慢移动他的手,试着触摸。

"好啦,"几秒钟后他小声说,"我开始有感觉了。很轻,但是我能感觉到有规律的节奏。"

"集中精神在我的心跳上。现在用你的另一只手,试着触摸你的脉搏。"

阿尔蒂尔把他的左手食指放在他的颈动脉上。夏洛特抓住他的手指,在他的脖子上轻轻移动。

"在这里。现在你能感觉到自己的心脏了吗?"

"是的,它比你的跳得快。"

"现在,你来摸我,使我的心跳加快,直到我们的心跳一致。"

阿尔蒂尔重新抬起手放在夏洛特的左胸上,但是他感觉到是他自己的心脏在加速。他触摸着她的肩膀,同时有规律地确定她的心跳。触摸肩膀比胸部更有效。夏洛特的心跳慢慢接近了他自己的心跳。夏洛特用她的双手轻轻触摸着阿尔蒂尔的双腿,直到臀部。她感受到欲望的苏醒。他们的心跳和呼吸此刻是同步的,并且在一同加快。

"顺着我的动脉,你要找遍我身体每一个能感受到脉搏的地方。"

阿尔蒂尔没有说话,抚摸着他的脸,清晰地感受到她紧绷的太阳穴。他的手指在她的颈部滑过,他找到了她的颈动脉,顺着她的胳膊往下,在与手腕齐平的地方再次找到。他重新向上,从肩膀又滑过了腹部,停止在大腿上部的股动脉。他们的心跳,仍然是一致的,要更快一些。他沿着动脉直到膝盖,脉搏在小腿肚上不见了,又在踝骨的凹陷处重新出现。他们的呼吸越来越急促,仍然保持着同样的节奏。阿尔蒂尔抬起手即将探索他一直不敢触碰的最后一个区域。他慢慢接近,感受到它的潮湿,它的温度,他碰到了她的阴蒂,在周围移动,靠近,远离,然后伸进了他的食指。他们的心脏还是同一频率。呼吸更加简短,更加局促,但仍然保持着同步。

"现在,来吧。"她命令他。

阿尔蒂尔朝她转过身的那一刻,手机开始震动。仅仅一次。第六感立刻让夏洛特脱离了状态。她迅速在地上寻找手机,把它贴在耳朵上,听到了被转化为语音的短信。一个金属音质的声音愉快地通知她:"信息……来自皮尔丽特……露易丝……和……吕西安……被……绑架了……"

第十章

那天,人们得知巴黎最富有的"厕所收费阿姨"不是什么阿姨

三十六

此刻，老年公寓和其他的养老院一模一样了。一些小老头、小老太太沿着天青石色墙壁的走廊漫无目的地来回踱步。电视厅前所未有的爆满。房客们都在看新闻频道，它们正在滚动播出绿色和蓝色的回归。一个特别发言人，穿着黄绿色套装，戴着海蓝色领带，手里拿着麦克风，站在《草地上的午餐》前。没有人敢移走那幅涂鸦。所有的房客们都暗自希望，却不敢说出来，能有小女孩被释放的快讯被播出。但是人们仅仅谈论着失而复得的蓝色、绿色，间或穿插播放着粉色和红色被重新找到的片段。

　　夏洛特和阿尔蒂尔风风火火地走进来。
　　"发生了什么？"夏洛特大喊着。
　　"两个蒙面人在你们走后不久闯进来，"皮尔丽特嘟哝着，"离开的时候，他们只想绑架露易丝。但是吕西安和他们达成了协议，如果这些混蛋同意带他一起走，我们就不报警。"
　　"但你们还是报了警，对不对？"
　　房客们都羞愧地沉默着，他们已经习惯了听裁判的话。

"在被绑架的头一个小时最有希望找回被绑架的人!"阿尔蒂尔发怒了。

夏洛特的眼镜下渗出了眼泪。

"如果他们知道我们报了警,我们就可能永远失去露易丝和吕西安。他们只是想让露易丝用他们的铅笔画画,"皮尔丽特接着说,同时用绿色的手帕擦拭着额头上的汗水,"他们保证说稍后就会释放他们俩,不会伤害他们。吕西安看起来知道自己在干什么。"

夏洛特的手机震动了。她慌慌张张接起来,电话很快就挂断了。

阿杰伊用尽全力才了解到他听到的这个女性的声音来自哪个电台。老式的钟控收音机无法显示波段。他只好走进酒店的过道，敲开所有的门，直到一位刚好会讲英文的女士，最终给他开了门。当他询问，他是否能在她的房间里听收音机的时候，她狠狠地把他关在门外，并且把他当成了"变态"。这个词的发音和英文很像。他听懂了。就像他从酒店前台年轻姑娘向他投去的目光中看到的一样，他明白这种方式绝对不会成功。后者红着脸借口说她不能离开自己的岗位。

他一直等来了打扫房间的人，才知道几个小时以来他收听的是法国国家广播电台。他用手机下载了电台的网页，在播客上，他最终找到了使他心烦意乱的紫色。他点击了记者的名字，看到了夏洛特的照片，他对她的美丽感到震惊，但不能肯定这个精致的女人是不是他在出租车后座上爱过的那个女人。在他的记忆里，她的头发要更长一些。但他仔细思考之后，发现自己完全记不起她的面孔。当时纽约的街上很黑。并且，他一听到她的声音，就闭上了眼睛，享受着这种妙不可言的紫色。这个陌生女人在照片上戴着太阳镜。或许她是盲人？他在谷歌上搜索了夏洛特，发现了好多词条。夏洛特·达丰塞卡是一名色彩专家。大概不是他的女神。但是这些没有动摇他想见她的渴望。他已经被这个声音所蛊惑。于是，他坐上出租车前往电台。

他很快注意到一个男人，裹在黑色的大衣里，像他一样在入口处踮着脚尖。他们等了很久，当夏洛特最终出现的时候，阿杰伊离他不到两米，身体向后缩着。可疑男子贪婪地看着他的手机。阿杰伊和他保持一致，尤其是屏幕上的照片和他找到的照片一模一样！

阿杰伊已经认不出他新年的乘客了，但是她折叠起来的套管式白色手杖，让他不再怀疑。就是她！阿杰伊欣喜若狂。他正要迎上去时，看见那个男人向侧面迈了一步，好像他不愿意进入她的视野。奇怪的反应，尤其是在盲人面前。阿杰伊等了几秒钟，看见他在跟踪夏洛特。他马上决定悄悄跟踪他们俩。

他们跟着夏洛特上了区域快铁，一直到达了索镇。但是当阿杰伊把他的地铁票塞入缝隙，准备出站时，一道红光亮了。出口被堵住了，另一端，一个警察严厉地看着他。阿杰伊想起了一张黑白图片，那是他第一次和父母来巴黎时看到的。未来的共和国总统正跳过地铁栏杆逃票，一位摄影师使那一刻被永远地记录下来①。如果法国总统也同意这么干，没有任何理由我不入乡随俗，他一边下结论，一边翻越了旋转出口。一个一句英文都不会说的治安人员立刻逮捕了他。

雅克·希拉克！雅克·希拉克！阿杰伊重复着这个名字为自己辩护……

当另外一边的治安人员最终放开他，还交给他一张粉色罚单时，夏洛特已经走远了。阿杰伊漫无目的地行走在这个住宅区的街道上。出租车司机的职业素养帮助他重新定位，他用了几个小时的时间系统搜索了这里的街道。就在他即将失去希望的时候，突然，在一幢微微向后缩进的大楼的园区里，他注意到两个蒙面男子，手里拿着枪。其中一个人异常强壮，另一个穿着黑色大衣，阿杰伊很快就认出了这个人。就是他要找的人！

他们押送着一个六十岁上下的男人，他的怀里抱着一个小女孩，茶褐色的皮肤，黑色头发。庞然大物打开了一辆小型卡车的后门。命令他们上车，然后在他们身后锁上了车门。两个男人迅速从前门上车，立刻发动了汽车。卡车进入街道，在红灯前面停了下来，就在阿杰伊面前。

怎么办？挡住卡车的去路？去快铁站叫警察？交通灯转向

---

① 指的是1980年，前总统、时任巴黎市长的希拉克也"与民同乐"，在地铁站感受逃票，被摄影师记录了下来。

了下面的颜色。就在这时，他听见了小女孩的声音，来不及多想，他爬上了后面的保险杠，站起身来保持平衡，双手紧紧抓住把手。卡车开始加速，他闭上了眼睛，不是出于害怕，而是在听小女孩说话。在他闭着的眼睑之下，阿杰伊清晰地感受到他最喜欢的颜色。一个紫色的斑点。这个斑点比他在跨年夜上爱过、刚刚找到又很快丢失的那个女人的斑点颜色要更浅、更鲜艳一些。最关键的是，它还带着橙色的光环。一种橙红色，就像他自己声音的颜色。

开了十几公里，卡车来到一个酒库附近。在距离停车场几米远的地方，阿杰伊跳上了人行道。他异常冷静、专注，一直走到这个手工业区的入口处，辨认出街道的名称。然后又悄悄原路返回。他浏览了手机上的未接来电，很容易就找到了那个女客户的电话，颜色消失的那天，他曾经放了她鸽子。这是唯一一通从国外打来的电话，谜团已经在他的头脑中形成，他必须要和她谈一谈。

唯一的问题：没有网络。他在停车场重新找到一个藏身之处，终于，屏幕上的一个细条向他表明，他可以通话了。他立刻认出了夏洛特的声音，向她解释了当时的情况，但是在他进入细节之前，他的电话就被砸得稀巴烂。还有他的胳膊。一个来自亚洲的庞然大物差点把他的胳膊卸下来，还抢走了他的电话。庞然大物把他绑在卡车后座上，塞上了他的嘴。几分钟之后，他又见到了那个老人，同样也被塞着嘴，手被绑在背后，身形肥胖，还有那个小女孩，嗓音颜色分外漂亮的小女孩。

相当多的研究表明蓝色是所有文化最偏爱的颜色。这至少持续了两个世纪。但是我们对于颜色的偏爱是先天的还是后天的？这是英国科学家提出的问题，他们拿给孩子一些功能完全相同的玩具，颜色分别是蓝色或粉色。两岁之前，颜色对于孩子们选择玩具没有任何影响。从两岁起，女孩们开始偏爱粉色，在两岁到五岁之间，这种偏爱发展、固定下来。蓝色之于男孩，人们也观察到了同样的现象。五岁以上，五个女孩中只有一个表示出对蓝色的偏爱，五个男孩也只有一个喜欢粉色。女性对于粉色的偏爱和男性对于蓝色的偏爱一定是后天形成而不是与生俱来的。

明天见，亲爱的听众朋友们。

蓝色的天空被太阳映得通红，但是因为缺少某些长波，看起来有些怪异。夜晚降临的时候，天上少了各种不同色调的黄色、橙色、棕色、紫色。阿尔蒂尔正盯着仓库的屋顶思考着，那里刚刚亮起了一扇天窗。

一小时之前，一名美国男子打电话给夏洛特。令人困惑的是，他仅仅给出了一个地址，在距公寓十几公里的地方，声称一个小女孩被监禁在那里。他请求她通知警方，然后就挂断了电话。

夏洛特虽然十分慌乱，但还是决定继续执行父亲的命令。阿尔蒂尔建议沿着这条线索展开调查，西蒙娜把她宝蓝色的菲亚特500借给了他。他把车停在距仓库一百米左右的地方。

怎么办？露易丝一定已经用所有铅笔画完了画。吕西安和他的外孙女对他们来说已经毫无用处，他们应该被释放了。一个念头试图开出一条路直达他的意识。突然，它冒了出来：从屋顶上，应该能够偷偷观察到里面发生了什么。

他没有再多想，攀上一面矮墙，爬上了屋顶，完全不知道自己还能如此灵活。他四脚着地,在陡峭的金属斜面上前进,尽量不发出声响,最终到达了窗户那里。里面有几百箱酒,但是房间并没有被填满。阿尔蒂尔脱掉了上衣,裹住一只手,坚决地打出一拳,击碎了玻璃窗。"我是不是在做蠢事?"然而,他已经溜了进去,踮着脚尖穿过仓库,置身于一间乱七八糟的办公室内。桌子上有几十张纸,上面用灰色的铅笔画着圆圈,角落里是带有龙饰的背包。他们来过这里。但是他们现在在哪儿?焦虑扼住了他。一定是这些黑社会要除掉露易丝和她的外公,因为他们什么都没得到……他疯狂地打开所有抽屉,想要找到蛛丝马迹。

突然,在一件廉价的家具上,带着裂痕的镜框里有一张照片。他认出了吉尔伯特,他在旅行,还有他的妻子。所以,就是这个混蛋绑架了他们!阿尔蒂尔愤怒地把办公桌翻了个遍,最终发现一个信封,上面有吉尔伯特的私人住址。

阿尔蒂尔从意大利门进入巴黎的十三区，把车停在了吉尔伯特的住宅前。在整个中国区①绕了一大圈。透过一幢大楼底层餐厅的窗户，阿尔蒂尔认出了火车上那个大块头，他稍作准备，走进了大楼。哈迪，就是四百斤，也就是相扑手！在他对面，吉尔伯特正张牙舞爪地比画着。阿尔蒂尔心跳加快，小心翼翼地推开了餐厅大门，餐厅里坐满了人。他们的桌子被一根大柱子挡住了，柱子上有很多挂衣钩，顾客们把自己的大衣挂在上面。阿尔蒂尔脸背对着他们的桌子，像螃蟹那样移动，在侍者吃惊的目光下，靠近了柱子和吉尔伯特的黑色大衣。侍者耸耸肩，回去继续为客人点餐。

在距离目标几米远的地方，阿尔蒂尔竖起了耳朵。

吉尔伯特先说中文，再说法文。四百斤也是如此，以此确保彼此完全能听懂对方，对吉尔伯特来说，除了二十来个简单的表达，中文，始终是天书。

---

① 巴黎13区是巴黎20个区中的一个，这里有巴黎的3个华人区之一，是巴黎最早和最大的华人聚居地。

"我们又找回了一种颜色，已经不错了。"

"无论如何，我们不能留他们太久，这太冒险了。"吉尔伯特说。

四百斤说了一段中文独白。

"他在说什么?"阿尔蒂尔想。

"你在说什么?"吉尔伯特问。

"我们还有二十四小时找到其他铅笔，画出色谱，"四百斤叹了口气，"之后，我们按事先说好的去做。"

阿尔蒂尔把他的苹果手机悄悄塞进了吉尔伯特的大衣里兜，没再停留就溜走了。

在大块头再次关门,把他们投入黑暗之前,阿杰伊赶紧用目光朝他们微笑。

卡车开了半小时之后,停了下来。他们听见一辆轿车发动的声音。绑匪一定已经离开了。

小嘴乌鸦在远处鸣叫。他们应该是在乡下。露易丝在外公绝望的目光之下流出了热泪。她使劲扭动全身,绳结终于松开了一些。她成功地伸出一只手,把嘴里塞着的东西取了出来。

"你的游戏一点也不好玩,外公!"

"我我我我。"吕西安嘟哝着。

露易丝马上取出了他嘴里塞着的东西。

"你赢啦,露易丝!"

"这个逃生大师的游戏一点也不好玩!"

"同意。那你帮我解开。"吕西安说着,转过身给她看自己的手腕。

绳结太紧了,露易丝解不开,开始哭泣。

"我我我我。"轮到阿杰伊出声了。

露易丝拿出了他嘴里的东西。

"您好……小姐……我叫阿杰伊……您叫……什么?"

露易丝立刻停止了抽泣。

"露易丝。"她笑着回答。

"漂亮的……"

"你是谁?"吕西安焦急地用英语问他。

"她的父亲。"阿杰伊回答,带着和露易丝一样的微笑。

吕西安适应了昏暗。他交替地看着这个茶褐色皮肤的男人和自己的外孙女。相似之处让他感到震惊。

"但是先不要翻译这句话,"他补充道,"我得先和她的妈妈谈一谈。"

阿杰伊转向露易丝。嘴巴从一只耳朵咧到了另一只。

"对我说法语,露易丝,拜托了。"他闭着眼睛请求她。

住客们在排演厅里即兴排练了一支布鲁斯。这种令人轻松的音乐也能够使人忧伤。蓝调，就像它的颜色。好几个退休老人坚持要参加这次即兴演出，他们不幸地证明了，确实如此：精神忧郁的时候，人们能更好地演奏布鲁斯。夏洛特靠在墙上和他们一起歌唱，眼睛干干的。所有的忧伤和焦虑都能从她的声音里感觉到，她唱得尤其精准。

　　阿尔蒂尔风风火火地冲进来，打破了气氛。

　　"很顺利，我马上告诉你们。谁有苹果手机？"

　　"发生了什么？"皮尔丽特把自己的手机递给他，问道。

　　"我在我的手机里安装了一个定位装置，然后偷偷把手机放进了吉尔伯特的口袋里。就是他绑架了露易丝和吕西安。我们立即用你的手机来追踪他。"几分钟后，一个深蓝色的斑点在皮尔丽特的手机屏幕上移动。吉尔伯特已经离开了餐厅，正走在十三区的街道上。

　　"现在，该报警了。"阿尔蒂尔眼睛紧盯着屏幕，得出结论。

　　"不，"夏洛特坚定地说，"在我看来，我们面前还有二十四个小时。你确定你听见他们说：'之后，按我们事先说好的去做'？"

"确定！"

"这等于什么也没说！"西蒙娜发怒了。

"他们是有组织的，一定到处都有分支。如果我们让警察卷入，他们有可能会知道，然后使露易丝和我父亲消失。只要我们不知道我的女儿在哪里，我就不想冒任何危险。而且……她的声音中断了：我父亲做出了承诺。"

"那么，我们对吉尔伯特寸步不离。"阿尔蒂尔接着说。迟早，他会发现我的电话，就算现在还没有发现。

"这次，我和你一起去。"夏洛特以不容置疑的口吻说。

在大厨的手机屏幕上，深蓝色的斑点停在距离餐厅不到一公里的地方。

"我们很快回来。"阿尔蒂尔一边说，一边拿着皮尔丽特的电话和在场的人挥手告别。

阿尔蒂尔和夏洛特开着菲亚特500冲向巴黎市区，这辆车的车身是"灵魂之蓝"，一种饱满的蓝色，让人想起欧宝泡泡浴的颜色。在蒙苏里公园的树荫里，有五十多人在草坪上练习气功，动作难度很大。他们当中有很多初学者。阿尔蒂尔向夏洛特描述这个场面。

"巴黎人重新发现了绿色的作用，"她叹了一口气，"它的波长刚好居于可见光的中心。这是完美的平衡状态的颜色。"

"什么意思？"

"绿色对人们来说是一种必不可少的颜色，在极圈生活的人们，一年中大多数时间生活在白色的世界里，尤其喜爱这种颜色。"

"它为什么这么重要呢？"

夏洛特又叹了一口气，她没有任何意愿展开冗长的解释，但她还是回答了他的问题。

"当人们研究沉浸在绿色环境里的人类大脑皮层时，在左脑和右脑中都发现了一种重要的电流。就像所有的冷色一样，绿色能够减缓动脉血压、脉搏、呼吸的节奏，能够使人放松，同时又像所有的暖色一样，能够使人集中精神和获得力量。"

"我从来没有想过这一点。"

"此外，绿色能够激发信心。一八六一年，它成为美元的颜色，绝非偶然。人们放弃黄金，开始相信一张简单的纸片具有价值。在赌场，人们对赌桌的颜色进行过测试。如果赌桌上的绒毯是红色的，赌徒赢到一大笔钱，会立刻停止。是蓝色的，他会无精打采。如果是绿色的，他会加大筹码。更重要的是，当他输钱的时候，他会马上重整旗鼓，继续下注。绿色在大多数文化中代表希望，是有道理的。"

"但愿如此！"

他们最终把车停在蓝点指示出的街道上。阿尔蒂尔的手机定位已经有一个多小时没有移动过了。

"根据 GPS，我的电话应该在这幢大楼里，"他对夏洛特解释，"底层有一个 KTV，还有二、三、四、五、六、七、八层。他们会在哪里呢？"

他们把菲亚特 500 停进一个很小的空间，距离 KTV 入口几米远的地方。

"你看见了什么？"夏洛特问。

"没什么特别的……"

"我们再等等。"

蓝色圆点还是没有移动。几分钟之后，两个西方人走进了 KTV。

"现在去唱歌有点早,"夏洛特意识到这一点,"这家 KTV 看起来什么样?"

"墙面和门都是白色的。我感觉自己从来没有见过这么纯粹的白。"

"正常。这是因为,现在你重新看见了蓝色。"

"什么?!"

"你所说的白色从前被我们的祖先定义为浅蓝色。从物理学角度看,真正的白色,是牛奶的颜色。把一张白纸放在一杯牛奶旁边,它会慢慢显出蓝色。根据我们的经验,阴天下的雪看上去微微泛黄。"

"确实如此,特别白的雪,是我们在蓝天下看到的。"

"因为在没有云的天空下,雪会反射接近百分之五的蓝色。纺织品厂商会用上蓝剂将白色衬衫和白色 T 恤漂白,这样我们就能看见纯粹的白。"

"这就解释了原因……呃!"

"发生了什么?"

"我想我刚刚看见一个神父走进了 KTV!"

巴黎大主教非常了解十三区。自二〇一〇年起,他就定期来这里。时间刚到下午,KTV冷冷清清,他是唯一一个客人。

"请问,有卫生间吗?"

"当然了,先生。"四百斤回答,并且马上意识到不该称呼一个穿教袍的人为"先生"。"我的神父,"他按照一个标准基督徒的说法修改了他的称呼,"要等一会儿,现在里面有人。"

大主教对于自己听到的是美国摇滚而不是东方音乐,感到吃惊,但是他的思绪很快停留在一些小瓷杯上,瓷杯装饰着各种颜色的图案和靛青色的花纹。看起来不错,他想,可以用来喝"基督之血"。两个四十岁上下的男人一起走出了卫生间,从他们的笑容来看,都显得很轻松。必须敞开心扉,大主教一边想,一边盯着略显年轻的那个人的T恤衫上美国歌手普林斯[1]的头像。

四百斤用他的双下巴向这个神职人员指示出卫生间的

---

[1] 普林斯·罗杰斯·内尔森(Prince Rogers Nelson,1958—2016),美国流行歌手、词曲作家、演员,被称为"王子"。

入口。

"您可以进去了,主教大人。"在注意到他不仅仅穿着普通的教袍之后,他再次改变了称呼,并示意他走进去。

大主教走到门口,在盥洗池的入口处,发现了一个男士小便池,前面有一张桌子。在通常放着零钱罐的地方,有一个金属钱箱①。所有的便池都被刷成了红色。

但是最令人吃惊的是,桌子的正中间立着一张小纸条写着:"一万欧元"。

"还是有点太贵了,"他想,"特别是当我的身体并没有需要的时候。无论如何,这些钱是我的积蓄。"他一边替自己辩解,一边拿出一叠钞票,递给了"厕所收费先生",忧心忡忡地走进了男女通用的厕所。他立刻在抽水马桶前面跪下,甚至没来得及关门,就好像他正忍受着肠道的折磨。但是并非如此,主教的头部笔直,双手合拢,指向天空,拇指对着他的圣衣披肩。他一边祈祷,一边眼睛盯着马桶的水箱,看着上面的一幅画,单色的,小孩的涂鸦,画着一个女人拄着拐杖走路。在主教看来,这无疑是圣母玛利亚。他垂下眼睛,欣喜若狂地看着他的圣衣披肩慢慢变色,从黑灰色到亚麻色,然后是暗红色,最后变回了紫色,就像图画上的一样。这是他最喜欢的颜色。紫色代表信仰,也代表着尊贵。在欧洲,这是主教和枢机

---

① 巴黎的公厕数量很少,而且多数要收费。

255

主教的颜色。法国国王和英国国王是唯一可以在服丧期间穿紫色的人。在日本，紫色曾经是天皇专用的颜色。它让人不知不觉地肃然起敬，引起神秘感。

紫色消失以来，这位主教有时会突然发现自己在怀疑上帝的存在。他同时意识到，当他闭上眼睛祈祷的时候，出现在他面前的画面通常是紫色的。这种颜色是必不可少的元素，使他能够连通他的宗教誓约与信仰。刚刚，他找回了它，为此，他狂热地感谢上帝。

几分钟之后，当大主教推开门的时候，阿尔蒂尔和夏洛特正听着从 KTV 里传出来的风靡世界的流行歌曲《紫雨》①。夏洛特一下子出了一身冷汗，呼吸不再均匀。焦虑让她无法思考。

"你是教徒吗？"

"不太是……"

"大多数情况，这没什么坏处。跟我来。"

阿尔蒂尔绕到汽车的另一边，挽着夏洛特的胳膊，一起迎着主教走上前去，主教脸上的微笑和几分钟之前普林斯歌迷的微笑一模一样。

"抱歉，主教大人，您可以为我们祈祷吗，拜托啦？"

"尤其是为我的女儿和父亲，"夏洛特补充了一句，"或许您看到过他们？"

---

① 《紫雨》是音乐鬼才普林斯 1984 年主演的自传式剧情片，也是影片的同名主题曲。

与此同时，KTV里走进了一位四十岁左右的优雅男士，走路稍稍有些跛。他穿着一件白衬衫，西装的颜色与他鬓角的银发很相称。肩膀上背着一个显眼的旅行包。

吉尔伯特正在数钱。这可远比巴黎收入最高的厕所还赚钱，他沾沾自喜。红色的墙壁使这里更热了，他的胳膊下面晕出了一圈淡淡的汗迹。当吉尔伯特抬起眼睛看向陌生人时，他本能地意识到他面前的男人很危险。他们死死地盯着对方，谁都不想先让步。一条鬣狗遇见了一只老虎。吉尔伯特知道这个人不是警察。他穿得太好了。警察可没有钱给自己买这么好的西装。

"一万欧元。"吉尔伯特提出要求，与此同时，他继续迎接着男人的目光，站起身来。

男人以轻蔑的目光打量着他，他注意到吉尔伯特的额头上流着一滴汗。他卸下背包，放在了桌子上，慢慢把头转向敞开的卫生间，试图看到那幅画。

"先付款！"

男人保持不动。看了十几秒。面部没有流露出任何情绪，一张近乎完美的"扑克脸"。他打开了背包的拉链，眼睛却没有离开图画，背包里装满了成捆的百元钞票。他拿出好几捆，上面系着绿色的塑料绳，和钞票的绿一模一样。

"这是五万欧。"他带着鄙视的神情漫不经心地说着，把钱扔在了吉尔伯特面前。

吉尔伯特的一只手慢慢靠近他放在衣服下面的手枪，他对这个慷慨的消费者完全没有好感。

陌生人不情愿地将目光从那幅画上移开，重新盯着吉尔伯特。

"我听说它正在出售中。那么，多少钱，这幅画？"最终，他带着很浓的盎格鲁-撒克逊口音问道。

吉尔伯特让他明白自己是这幅画的所有者。他想从中发财，但是巨大的赌债并不允许他耐心地等待竞价拍卖。这就是为什么他坚决要"开设厕所"，等待大鱼的原因。显然，一头虎鲨上钩了。

"谭，过来看看！"吉尔伯特稍稍抬高了声音说。

谭·四百斤，一定是 KTV 的老板，很快跑过来，手里拿着枪。

一条鬣狗，一只老虎，一头犀牛。

"这位先生想知道这幅画的价钱。"

"我是很看重它的。"四百斤故意卖关子。

"再来一个像这样的背包,"最终,鬣狗向被犀牛的武器威胁着并且受了伤的老虎明确了价码,"我先留着这一包当定金。"

男人十分冷静。这显然不是他第一次被枪指。他考虑了几秒钟,举起手,手掌朝向四百斤,以此表明他和平的态度。他朝红色方砖上的小便池后退了几步,然后,慢慢将胳膊放下来,手放在裤子的纽扣上,解开,拉开拉链,用小便来拖延时间。吉尔伯特惊呆了,眼睛无法离开喷射的灰色尿液。接着,他没有拉上拉链,而是慢慢把裤子脱到脚踝处。吉尔伯特和四百斤立刻注意到他腿上有好几个紫色斑点。十来捆五百欧面值的钞票用胶带绑在小腿上。他撕开了胶带,不由自主地流露出厌恶的神色,把钱一捆一捆扔在桌子上。吉尔伯特和四百斤同时意识到,就像大主教和普林斯的歌迷一样,紫色也是他们最偏爱的颜色。

吉尔伯特陪着这个男人走到门口，男人的脚已经不再跛了。在走到吉尔伯特面前的时候，他拥抱了吉尔伯特，又挣脱开来："你这个蠢货，这幅画比这些值钱多了。你每找到一种新的颜色，每幅画我给你一百万欧元。"

吉尔伯特意识到，他的灰白圣诞老人已经走远了。就在这时，响起了喑哑、沉闷的声音。一阵有规律的振动似乎是从他的大衣里传来的。这是谁的，这部手机？他一边想，一边从口袋里拿出一部正在振动的电话，接通了。

"我们有你缺少的彩色铅笔。"就在西装笔挺的男人从KTV走出来的时候，夏洛特夸下了海口。

"……"

"我来跟你谈笔买卖。"

"您是哪位？"吉尔伯特保持着警惕。

"我是露易丝的妈妈。一直遵守着我父亲的承诺，到现在还没有报警，但是我知道你的一切。我离你的老窝不远。你在卫生间里做小买卖。"

"……"

"今晚十二点我们在你的酒库见。还记得吧?就是在那儿,我女儿画出了我的紫色画像。"

"……"

"今晚,十二点,"她接着说,"你们带露易丝、吕西安一起来。我把你们缺少的彩色铅笔带过去。露易丝给你们画画,然后你们放了他们。否则,你不仅要在监狱里过完下半辈子,而且我会戳瞎你的双眼,吉尔伯特先生。"

就像他们预料的那样,吉尔伯特几秒钟之后就在四百斤的陪同下走了出来。他们锁上大门,上了一辆黑色的奔驰汽车,在他们俩的体重之下,车身微微下陷。四百斤发动了汽车,轮胎发出与地面摩擦的声音。

"我们走。"阿尔蒂尔说着转动了车钥匙。

吉尔伯特依然留着他的电话,因此,他们能够保持一段距离跟踪而不引起注意。四百斤驶入了西部环城高速,意大利门。路上相对不怎么拥挤,阿尔蒂尔保持着相当一段距离尾随着他们。

突然,在奥尔良门,蓝色斑点消失了。一定是手机没电了。阿尔蒂尔立刻加大油门,亲自证明:布朗西昂门、塞夫尔门、多菲内门和尚佩雷门的雷达拍照都运行良好。

"他们很可能已经离开了环城公路,我开过了。"阿尔蒂尔咒骂着。

夏洛特握着他的手。他的手比她自己的还要冰。

消息就像粉尘被风吹过,传播得特别快。想要重新欣赏到紫色,只要浏览谷歌网站即可。在搜索引擎的主页上,能够看到一幅稚嫩的涂鸦,用紫色彩铅画着一个女人拄着拐杖在行走。网站利用图像互换格式做出了女人在前进的动画效果。在世界各地,搜索引擎的发言人们,同一时间,用各种语言,在所有的广播和所有的电视台,叙述着同样的内容。"作为搜索引擎,我们的使命就是帮助大家找到每个人所寻找的一切。幸运的是,一位不愿透露姓名的人士把这幅画带给了我们,对于能为大家找回紫色,我们深感幸福。并且,我们愿意为每一幅能使消失的颜色重新出现的图片出价一千万美元。"

出人意料的是,紫色的重新出现并不是一个受欢迎的好消息,相反,它引起了狂热和迅速升腾的焦虑。世界就像一个不耐烦的孩子随时会任性妄为。人们不再满足于找回单一的一种颜色。他们想要找回**所有的**颜色,而且,为什么不呢,还能收入好几百万美元。在粉色的老鼠,还有依然被贴在奥赛博物馆油画上的蓝色和绿色的涂鸦之后,很多人想到,是孩子的画使颜色重新出现了。自从谷歌发表了声明,再没有人怀疑这一点。

全世界的孩子都被邀请或被强制用他们拥有的一切彩色铅笔和颜料来画画。一些父母毫不迟疑地在半夜叫醒他们的儿女让他们照办。一些精神病患者潜入校园后被驱赶出来,口袋里装满了彩色铅笔。

皮尔丽特的笔记本电脑放在餐桌上,房客们站在后面。没有人敢说话,所有人都盯着露易丝的紫色图画,看着它在屏幕上动起来。一面丁香紫的墙壁在餐厅显现出来,但是没有一个人注意它。

夏洛特的电话开着免提已经好几分钟了。

一段录音被古典音乐隔开,不知疲倦地重复着同样的信息:"这里是警察局,请不要挂断……这里是警察局,请不要挂断……"

"他们在搞什么鬼!"夏洛特发狂了,"已经赚了那么多钱,还不放我的女儿和爸爸。"

"……这里是警察局,请不要挂断……"

"尤其是,一旦让他们发现我们在说谎,我们连一支新铅笔也没有!"

"……这里是警察局,请不要挂断……"

"为什么我们没有早点报警?"夏洛特精神异常紧张。

没有人敢回答是她自己阻止大家报警的,而且,每个人都怨恨自己听了她的话。

"……这里是警察局,请不要挂断……"

终于,听筒的音乐突然中断。

"这里是警察局,晚上好。"

"您好,女士,我叫夏洛特·达丰塞卡,是我的女儿露易丝使颜色重新出现的。危险分子了解之后,绑架了她和我的父亲。"

"您发生的事情非常可怕。"警官打断了她,装出同情的语调。

"我们与绑匪约定今晚十二点交涉,必须快!"

警官停顿了一会儿。她感觉自己听到过这个声音。在哪里听过呢?已经不重要了……

"听着,女士,我十分坦白地告诉您。我们已经被儿童涉险的案件包围了,他们因为使颜色重新出现而遭到绑架,或因为没能使颜色重新出现而受到攻击。当然,我并不怀疑您的话,"她补充道,但她的声音却表现出完全相反的意味,"我只是请您明天早上来警局报案。"

夏洛特克制着自己,尽量保持冷静,一字一顿地说:

"我刚刚对您说了,女士,我们与绑匪约定的时间只剩不到一小时了。"

"一定是,"警官想,"我听过这个声音。"这个声音让她想起了她最喜欢的电台女主播的声音,只是有一点点不够连贯?

"我呢,女士,我刚刚已经告诉过您,最简单的方式就是来警局报案。不过,这里人很多,我建议您明早早点来。"

夏洛特愤怒极了,把手机扔在桌子上。

《世界报》官网显示

LSD 刚刚在加利福尼亚合法化,出于"治疗目的"。

第十一章

夜里,开始下起橙子、香蕉、苹果雨

几分钟前，阿尔蒂尔和夏洛特把车停在酒库前。停车场上没有别的车。大楼里也没有一丝光亮。天阴沉沉的，没有月亮。只有一盏路灯发出一抹灰色的光，并不比它们从前吐出的橘色光晕更昏暗。

"已经十二点十分了，他们在干吗?"夏洛特自言自语，想象着最可怕的场景。

"好吧，我去看一看。"阿尔蒂尔说着，离开了轿车。

他意识到他并不担心自己的性命，而是担心着露易丝和她外公的性命。他靠近大门，敲响了沉重的金属门。没有任何回应。这样不行！他想折回去再次从屋顶进入。当他正要回去的时候，一声电话铃响起，他看到大门前面的地上有亮光。是他的手机，已经充满了电。阿尔蒂尔捡起来，接通了。

"游戏规则得由我来定，"吉尔伯特以一种不容置疑的口吻通知他，"我要确定你们只有两个人。你上车，我来告诉你往哪里开。"

阿尔蒂尔立刻回到菲亚特500，打开了免提。吉尔伯特仔细地引导着他们。返回A86高速路。从韦利兹下来。进入默东森林。从森林中心处折回,确保没有人跟着他们。然后从小干线上驶出来。

"停下!"吉尔伯特命令。

他们停在一条土路上,周围什么都没有。阿尔蒂尔熄灭了引擎。两个车灯照亮了他们面前五十米左右的区域。

"关上车灯。拿着铅笔走出来,"吉尔伯特用威胁地口吻说,"把手举起来。"

阿尔蒂尔熄灭了车灯,从汽车的杂物箱里抓起十来支铅笔。他正要出来,又改变了主意。

"我要先见到她的女儿!"阿尔蒂尔在电话里喊。

他先是被灯光晃花了眼,最终分辨出一辆小货车的形状,他猜测,在背光的地方,车门刚刚打开了。几秒钟之后,好几个人影出现了,向前走去。其中一个极其庞大。一定是四百斤,阿尔蒂尔想着,浑身颤抖起来。但是露易丝的小影子在哪里呢?他还没来得及搞清楚发生了什么,一个黑影就以导弹发射的速度出现在车灯前。是夏洛特,她朝眼睑上闪动的光点跑过去。接着,阿尔蒂尔从车上下来,飞跑过去,赶上了夏洛特,她的两只手里各握着十来支铅笔。突然,巨大的影子开始坍塌、分散,有一部分从中脱离,跑向他们。吕西安的面孔出现在车灯下。他原本肩膀上扛着外孙女,刚刚把她放在了地上。最后一个阴影,举着手,像是一个来自印度的男人。

夏洛特用尽全力奔跑起来。她被一块石头绊倒,重重地摔在地上。阿尔蒂尔试着扶她起来。她却干脆坐了下来,向着光亮的方向伸开了双臂。她分辨出朝她加重的脚步声。一个轻微的、蹦蹦跳跳的声音逐渐变大。她感觉到这一幕正在慢慢发生,现在,她听见了露易丝急促的呼吸声。当她感受到她的气息时,她把她的孩子拥入怀中,紧紧拥抱着。

"妈妈!妈妈!"

夏洛特哭了出来。她想告诉她她有多爱她,她有多害怕,但是她哽咽着,一个词也说不出来。

"我和外公的假期好棒呀,我现在是魔术师!"

轮到吕西安走过来,弯下腰,用他宽阔的双臂把他的女儿和外孙女拥入怀中。

"结束了",他说,"我们再给他们画一幅该死的画,就结束了。"

恐惧包围了夏洛特。她完全忘记了铅笔。对她来说唯一重要的是她找回了女儿。这些混蛋很快就会意识到这些铅笔没什么用。会发生什么呢?夏洛特流下了更多的眼泪。

吉尔伯特一只手拿着枪,另一只手拿着一个图画本,朝他们走过来。他把图画本扔到一家人脚下,什么也没说。夏洛特本能地转向他。她扔掉了眼镜,擦干眼泪,抬起头,用大理石一样的眼睛盯着吉尔伯特。他有些鼻塞,她通过他急促的呼吸声猜测着他面孔的方向。吉尔伯特感到不舒服,往旁边迈了一步,她继续用目光追随他。

他稍稍后退了一些,仿佛被追随着他的空洞的目光刺穿了一般。

"阿尔蒂尔,铅笔!"吉尔伯特命令道,"你,让她的女儿快点画!你们最好没有撒谎!"

阿尔蒂尔一句话也没说，将一把铅笔递给了吕西安，然后后退了一步，就像那个瘦削的印度人一样，保持着一点距离。印度人仍然举着双手，嘴上带着一抹奇怪的微笑。此刻，天太黑了，几乎看不出道路两边的大树。小货车的车灯下，无数的夜蛾在飞舞。

阿尔蒂尔特别想拥抱露易丝，但是凭什么呢？以什么身份呢？

"露易丝，你能为我画一个开怀大笑的妈妈吗？"吕西安问。

夏洛特还是无法平静。她想说些什么，但仍然说不出话来。

"我要彩色的，拜托啦。"吕西安继续说。

"妈妈她为什么要哭呢？"

"因为你太久没有为她画画了。你想要哪一支铅笔？你看了好久，可以画了吗？"

在两次哽咽之间，夏洛特循着阿尔蒂尔短促的呼吸声，转向了他，最终，用完全冷静和克制的声音说：

"我想做爱！"

吕西安觉得她被吓坏了。她的话已然不合逻辑。阿杰伊靠近了一些,听懂了"爱"这个词,然后又后退了一步。

"这是个好主意,夏洛特,"吕西安嘟哝着,不想吓坏外孙女,"露易丝,你知道怎么画爱吗?不知道?我们画心。你能为我画一颗心吗?"他坚持着,随便拿起一支铅笔递给小女孩。

"我想做爱!"夏洛特用同样的声音重复了一遍,异常清晰。

"对,妈妈说得对,我们画一颗心。"吕西安进一步说。

阿尔蒂尔终于明白夏洛特在向他传递暗语。他后退几步,远离了吉尔伯特和一家人,偷偷朝小货车走去。吉尔伯特被露易丝牵制住了,此刻她画出了一颗心。

"我不想画了。它们全都是灰色的,这些铅笔!"孩子感觉到情况有些微妙,激动起来。

吉尔伯特听到叫喊声吓了一跳,接着,又从小货车里传来了打斗声。一只巨大的手扼住了阿尔蒂尔的喉咙,用力把他往车里拉。四百斤一直坐在车里,他让发动机慢慢运转着,警惕着警察的动静,准备随时应对最小的突变。实力悬殊的战斗。四百斤越来越用力,使劲扼住他。阿尔蒂尔把手伸向控制面板。他感觉到对方的力量使自己越来越衰弱。最后一次努力,他终于切断了小货车的开关,车灯灭了。

他抓紧时间从打开的车窗把钥匙扔了出去。"使命达成。"

在昏厥之前他想道。

此刻，黑暗完全笼罩了默东树林。很快，夏洛特站起身来，低着头朝吉尔伯特狠狠撞上去。刚好撞在他的胸口上，他松开了手枪。他试图抓住夏洛特，但是她已经退下了，接着，他又受到了第二击，瞄得不太准，打在了胳膊上。在黑暗中，她更有优势。吉尔伯特寻找装在大衣兜里的打火机，然而，打火机被落在了货车上。那个大胖子在那边干吗呢？又是一击，打在了背上，他感到呼吸困难。她一定拿着石头。吉尔伯特痛苦难当，朝旁边迈了几步，想要躲开他的对手，但她故技重施，用同样的东西重重地打在他的头上。他踉跄着，把手放在额头上，一股喷涌的液体让他确信自己的脑袋在流血。

四百斤终于打开了车门。驾驶室亮了，此刻的半明半暗对于吉尔伯特来说，足以分辨出夏洛特的轮廓。他避开了新的一击，回过神来，找回了他的武器，立刻打断了印度人的去路。他正抱着露易丝企图逃跑。就在这个时候，四百斤四脚着地趴在潮湿的草地上，找回了货车钥匙。

几秒钟之后，夏洛特坐进了货车的车厢，露易丝在她的膝盖上浑身发抖。吕西安扇着阿尔蒂尔的脸想让他恢复神志。阿杰伊闭着眼，嘴唇上依然带着微笑。

夏洛特清楚地听到轮胎碾压过灰色铅笔的声音。

四百斤先驶入了A86号高速路，然后全速改道A6号，朝外省驶去。天空开始转晴，不时地露出了甘草色的穹顶。凌晨三点。货车后座的乘客们沉默不语。阿尔蒂尔刚刚勉强恢复了意识，正揉着自己的颈背。他最后记得的是一道乳白色的光冲破了黑暗。当他最终清醒之后，刚好看到夏洛特纤细的手指慢慢滑过阿杰伊的脸，他皱起了眉头。她的手指停留在他的眼睛上。它们杏仁一样的形状和女儿的眼睛一模一样。阿尔蒂尔移开了目光。

他们的货车赶上了一辆在左侧车道上缓慢行驶的小货车。

"他在干吗，这个傻瓜？"相扑手感到不耐烦。

他按着喇叭想从右侧超过它。就在正前方，另一辆小货车艰难地试图从左侧超过右车道上的一长列小卡车。四百斤没有别的选择，除了减速。他紧跟着它，速度表显示车速不到六十迈。

"快点，蠢货！"吉尔伯特发火了。

另一辆小货车在道路左侧紧挨着他们。一辆接一辆的汽车都打开了危险警报灯，慢慢减速，直到在高速路中间一动不动。

四百斤的货车被夹在十几辆卡车车队中间无法通过。他从后视镜看过去，涌上了一种奇怪的感觉。这不是塞车——他了解，在巴黎，即使半夜也可能塞车，然而，这里所有的车，无一例外，都是小卡车或小型厢式货车。就像置身于一场货运车展。突然，一辆厢式货车的司机下了车，站在马路上，打开了车厢，在高速路上拆掉了水果箱。在他的后视镜里，一个老妇人也打开了她的雪铁龙2CV，在沥青路上倾泻货物。

"妈的，我们赶上农民示威游行了。滚吧，快让开。我们没时间了！"

大个子准备后退，他操控着汽车，试图沿着防撞栏从队伍中间开出去。但是后面的卡车往前开，阻止他移动。前面的货车又向后倒车。四百斤落入了陷阱，像玩碰碰车一样落入了老鼠洞。一个灰色的柚子在他的挡风玻璃上被碾碎了。立刻紧跟着一大堆灰色的橙子，四百斤开动了雨刷器。灰色的橙汁在挡风玻璃上粘了厚厚一层。他几乎什么也看不见了，盲目地向前开，在最后一刻，推测出有一辆小卡车横在路中间，彻底堵住了他们的去路。

最终，这两个混蛋拔出了武器，站在公路上。想要出去，他们唯一的机会就是把俘虏作为人质。他们朝货车的后部走过去，但是香蕉、苹果、猕猴桃雨点一般砸向他们。吉尔伯特和四百斤受到水果的攻击，发现打在身上最痛的是苹果。

吉尔伯特绝望了，朝空中开了一枪。徒劳无功！这一声雷鸣般的枪响把水果雨变成了热带风暴。投掷物从四面八方涌来。那些不那么灵活的人把四百斤当做靶子，他要容易瞄准得多。

"我们走！"吉尔伯特大喊着，跨过安全栏杆，穿过了高速路。

大家是否知道，颜色的象征意义通常是偶然的结果。就拿赛车的颜色来说。戈登·贝内特杯汽车赛，是以《纽约先锋报》一九〇〇年到一九〇五年之间所有者的名字冠名的汽车赛。最初，人们用不同的颜色来区分相互对抗的各国国家队：法国蓝色，英国绿色（致敬爱尔兰的英国赛车绿）[1]，比利时黄色，意大利红色，德国白色。二十世纪三十年代，"德国白"变成了灰色，原因是比赛用车不能超过最大的规定重量，而奔驰W25微微超重了一公斤。这不是问题，为了减重，机械师去掉了赛车的白色漆面。就这样诞生了"银箭"，铝制的车身光洁、闪亮。

明天见，亲爱的听众朋友们。

皮尔丽特驾驶着她的雪铁龙2CV，以缓慢的速度驶向公

---

[1] 英国赛车绿（British Racing Green），是与英国赛车紧密交织的经典颜色。在20世纪初的汽车运动中，为了区分国别，英国被指定为橄榄绿。1903年，为了向比赛的东道主爱尔兰致敬，橄榄绿被替换为颜色更深的"三叶草绿"，并最终演变为"英国赛车绿"。

寓。吕西安坐在前排。夏洛特坐在后排，阿杰伊和阿尔蒂尔之间。露易丝终于安心了，在妈妈的膝盖上睡着了。

"当我看到我手机上的定位再次活跃的时候，"皮尔丽特一边开车，一边解释，"我的眼睛就没办法离开它了。当我发现你们开到了默东森林时，我意识到出问题了。很快我跟到兰吉，通知了我的菜农朋友们。他们立刻行动起来。我们试着靠近你们。幸运的是，公路上人不多，我们可以轻松地定位到你们的车。一些来到兰吉的同事，折回去堵截货车。后面的你们都知道了。"

"只要没有找回所有的颜色，露易丝就还处在危险之中。"吕西安嘟哝着，看着沉睡的外孙女。

"还有另外一件事，"夏洛特接着说，"人们刚刚开始意识到，颜色的缺失让我们原本就不安分的世界动荡到了何种程度……仅仅几个星期，所有人已经完全混乱了。我很担心在非常短的时期内，人类将无法在这场激变中幸存。"

"在夜晚相信光明是徒劳的。"吕西安，一个爱德蒙·罗斯丹[①]的崇拜者，感叹道。

阿尔蒂尔凝视着巴黎上空升起的一轮红日。灰色渐渐退去，融化于天空的蓝色之中，让人想象着一场盛大的日出。

---

① 大仲马的小说《基督山伯爵》中的男主角。

"我们已经使绑匪偏离了路线。警察一定会帮助我们的。现在,我们已经有了足够的证据让他们相信我们。"皮尔丽特提议。

"那样的话,我们不仅要面对全世界所有的罪犯,还有所有的精神病患者,更不要说记者。你希望我的女儿直到生命的最后一天都东躲西藏吗?"

车上的人都沉默了。每个人都认为她不是完全没有道理。阿尔蒂尔不想看到夏洛特与阿杰伊肩并肩的这一幕,假装去看自己的手机,刚好看到了索朗热的邮件。他一直没有打开过附件,他们在工厂门口拍摄的最后一张照片。很多种颜色重新出现在图片里,尽管他从前的同事们依旧面容发灰,带着苦笑。突然,他注意到一个细节,一个微小的细节,就在索朗热的手里。他用拇指和食指放大了照片。尽管照片被像素化,但是毫无疑问,索朗热手里拿着一个扁平的长方形金属盒子。一盒加斯东·克吕泽尔铅笔。

第十二章

那天,人们得知彩虹有七十万种颜色

巴黎大皇宫①，高级时装秀。香奈儿的新闻专员按照重要程度排列着宾客的位置。然而，甚至安娜·温图尔②也只能位列第二排。那么，所有坐在第一排的这些人都是谁呢？二十来个年纪很大的无名之辈，甚至有几个还坐着轮椅……当之无愧的人！他们当中，有一个三十岁上下的男人，疑似橄榄球运动员。

身材纤细的模特们穿着浮夸的时装，一个接一个走上了T型台。记者们注意到，他们已经有很长时间没在一场时装秀上看到如此多的颜色了。蓝色、绿色、红色、粉色、紫色，还有几抹灰色，然而，没有白色，也没有黑色。这些鲜艳的颜色呼应着观众们所穿着的颜色。

所有的来宾，毫无例外，也都身着色彩饱满的礼服。这使

---

① 巴黎大皇宫（Grand Palais）是为了举办1900年世界博览会所兴建的。世博会后，其他建筑拆除，独留下巴黎大皇宫和埃菲尔铁塔这两座建筑作为法国及巴黎市的象征。现在是一个公共展览厅。
② 《时尚》杂志美国版主编。

得这场时装秀显得不同寻常，充满了欢乐、纯真的氛围。一个吸食了LSD的观众，从头到脚都穿着绿色，有规律地鼓起、放松她的双颊，同时抬起双肘。这让周围的人觉得很好笑，他们不时地用眼角观察着她。

模特们不再是高高在上的神色，她们被允许露出淡淡的微笑。演出即将结束的时候，卡尔·拉格菲尔德走上T台。他向一位穿着婚纱的年轻女士伸出手。在他们身后，一个身穿浅灰色连衣裙、头上编着漂亮小辫的小女孩提着裙摆。

设计师迎来一阵欢呼，他换下了黑色套装，穿着桃红色礼服，鞋子和配饰也是同一种色调。当观众们发现，优雅的模特没有通常的模特那么高，体重至少是她们的一倍半，还要依靠一根白色拐杖走路时，欢呼声更大了。她穿着一件纸制的短款连衣裙。溜冰裙的裙摆设计刚好突显了她的身材，开到肩膀处的衣领使她的颈部显得分外修长。作为项链的，仅仅是一朵山茶花。观众们被她的魅力所折服，到处都能听到："迷人！""优雅！""清新！""高贵！"几秒钟之后，这个环节结束了，模特慢慢转过身。观众们都惊呆了，他们发现在她的背部，有一幅彩色涂鸦：茶褐色皮肤的男人站在一辆黄色出租车旁边。所有的颜色都开始闪耀。棕色系、橙色系、桃红色系、橙红色系、某种深沉的黑、某种乳白色、黄色系、土黄色系……摄像机的镜头对准了图片的一笔一画。宾客们发出欢呼声，这一刻，他们看着自己的双手、双臂、双腿，还有邻座的脸庞。所有的色系都找回了它们最细微的差别和最复杂的构成，特别是肉色系。一部摄像机捕捉到小花童，观众们共同见证了奇迹，她的纯棉连衣裙变得光彩夺目。阿杰伊骄傲地微笑着，是他坚持让她穿上和出租车一样颜色的黄裙子，边缘还绣着黑色的格子图案。

最后一个装着最后的加斯东·克吕泽尔铅笔的盒子就等在那里。就在索朗热床头柜的抽屉里。很多个郁郁不成眠的夜晚，她享受着它们散发出的气味。混合着木头和颜料的香味能够帮助她找回睡眠。不过，对索朗热来说，不再有失眠和孤独的问题了，因为老年公寓的住客们一致通过，欢迎她搬到他们中间。她很快就接受了邀请，已经给她的一对粉色小猫搬了家。

至于夏洛特，她立刻打消了把找回的颜色卖给谷歌的念头。"它们是大自然赐予我们的，没有理由用来做交易。它们属于所有人。完毕！"她最终这样宣布。只剩下最后一个问题，就是如何找到最好的方式，使人们重新感受到它们。

善于探索的西蒙娜，在平板电脑上寻找灵感。一则消息引起了她的注意：香奈儿的时装发布会就在第二天。

"为什么不能让所有的颜色从自诩最有品位的潮流中心同时再现呢？不如就从那里开始，让色彩在全世界重新闪耀！"

"为了我们的幸福和安宁，永远闪耀！"吕西安穿着塔希提海岛风的衬衫,补充说。

皮尔丽特立刻拿出了她的手机。

"我刚好认识某个叫卡尔的人,他苦等十年,就为了我的酥皮绯鲤,配上新鲜的马鞭草和百香果……"

就这样,皮尔丽特开始下厨,作为抵偿,住客们可以获得一些入场券,还有一场为夏洛特和露易丝临时增加的时装秀。裁缝和设计师们工作了一整夜,按时完成了两条裙子,并且巧妙地将露易丝的画缝制在婚纱的背部。

此刻她们都挤在后台,骄傲地看着她们的服装对观众产生的效果。模特回到了场上,在她们的老板身旁致意鼓掌,效果是令人震惊的:这一刻,她们的裙子全都变成了彩色的。

这是第一次,在高级时装秀的现场,兴高采烈的观众们造出了足球场上的人浪。

熙熙攘攘的人群聚集在秀场的出口。巴黎人像是赶来看烟火一样。阿尔蒂尔的周围洋溢着欢乐。这种集体的欢腾与他个人的忧郁形成了对比。他无法保持理智,这种情感太强烈了。于是,他决定离开,试着从与人群相反的方向开出一条路。最后一眼,他看见阿杰伊拥抱着露易丝和夏洛特。他离得太远听不清他们的对话。无论如何,他也不想听。

"再见,爸爸。"
"你再说一次。"阿杰伊拿出手机录下了女儿的声音。
"再见,我的爸爸。"
阿杰伊闭着眼睛倾听这些词语。
"谢谢你,阿杰伊。你是个非常好的人。我们很快会去纽约看你。"夏洛特亲吻了他的面颊,又说了一句。

阿尔蒂尔的心支离破碎,他挣扎着向远处走去,就在这时,他感觉到一只小手握住了他的大手。他吃惊地发现露易丝正跟着他,来到了他身边。这只热乎乎的小手使他心头一震,眼睛立刻湿润了。她拉着他的手往夏洛特的方向走。但是阿尔蒂尔决意要走,他摸了摸小女孩的头和她说再见。

突然,他注意到夏洛特对面有一位来自亚洲的老先生,穿着珊瑚色的西装,衣着笔挺。身边还有两名身材高大的东方保镖。阿尔蒂尔把露易丝抱在怀里,迅速朝她的妈妈走过去。仅仅几米远。他拨开人群,终于把手放在了夏洛特的肩膀上。刚一碰到阿尔蒂尔的手指,她就明白发生了不同寻常的事。

"我想请求你们的原谅,你们就是达丰塞卡女士和小姐吗?"老人问。

夏洛特微微抖动了一下。

"正是我们。您是?"

"我的名字不重要,女士。我坚持要亲自向你们表达我方的歉意。我们组织的两名成员对你们造成了无法容忍的伤害,请您相信对此我们毫不知情。他们之所以向我们隐瞒,是因为他们知道颜色在我们的文化里太重要了,我们势必会拒绝拿来做交易。没有什么比它们消失更令人难过了。我们没收了相当可观的一笔钱,是靠您的女儿为您画的一幅肖像得来的。亲爱的女士,这笔钱属于你们。"他一边说,一边指着他们身后其中一个保镖手里拎着的背包。

"我不要。您可以把钱捐给导盲犬机构,他们需要钱。"

"我会按您说的去做,这完全是凭借您的荣耀。"

他特意停顿了一会儿,接着又慢慢说,声音很温和:

"还有最后一点,我想和你们一起解决。这些人,你们明白,很不幸,我们不能把他们诉诸法律,但是他们应该接受惩罚。我想让你们来宣判,因为是你们受到了伤害。我向你们保证,我们将会处罚他们,让他们受到同样严厉的惩罚。"

夏洛特咬着嘴唇想了想。教皇约翰·保罗二世[①]走进监狱,宽恕了差点杀掉他的凶手,还有纳尔逊·曼德拉[②]原谅了那些使他被关进监狱将近三十年的人。

"我不想要极端的解决方法,"她大声说,"但是……"

"永久流放对他们来说很仁慈。"优雅的老者提出了建议。

"或许我有个主意。"阿尔蒂尔试探着说。

"埃菲尔铁塔将被漆成粉色。我知道吉尔伯特有眩晕症。不如雇佣他作为工地的粉刷工人呢?"

亚洲人和夏洛特大笑起来。

[①] 罗马教皇约翰·保罗二世(Jean-Paul Ⅱ,1920—2005),于1978年至2005年出任罗马天主教第264任教皇。1981年5月,在梵蒂冈圣彼得广场遭遇枪击,身负重伤。后保罗二世不仅宽恕了凶手,还走进狱中与其秘密交谈。

[②] 纳尔逊·曼德拉(Nelson Mandela,1918—2013),于1994年至1999年间任南非总统,是首位黑人总统,被尊称为"南非国父"。出任总统之前,曾领导反种族隔离运动,南非法院以密谋推翻政府等罪名将他定罪。曼德拉在狱中服刑27年。1990年出狱后,原谅了囚禁他的人。

房客们结伴离开了杜伊勒利宫①附近。一道彩虹，完美的半圆形，骄傲地挂在塞纳河上空，一端在奥赛博物馆，另一端在卢浮宫。在皮尔丽特的雪铁龙2CV上，吕西安、索朗热、夏洛特、露易丝和阿尔蒂尔愉快地挤在一起。其他人坐在西蒙娜的小车菲亚特500上。还有几辆备有医疗器材的出租车上坐满了身体不那么硬朗的退休老人。

2CV的车载收音机循环播放着关于颜色的快讯。这场时装秀以迅雷不及掩耳的速度出现在全世界所有的电视上。

"所有人终于能够'恢复正常'，欣赏到颜色了。"一名记者兴高采烈地报道着。

"他搞错了。"夏洛特一边生气地说，一边调整了她的纸裙子。尽管有点皱，她还是不愿意换掉。"所谓'正常'，在几个星期以前，就是看不见颜色。"

---

① 杜伊勒利宫（Palais des Tuileries）曾是法国的王宫，于1871年被焚毁，后拆除。

"的确如此,龙萨用一朵玫瑰的颜色吸引他的女神[1],这种追求女孩的方式在我们的时代可不多见了。"索朗热开玩笑说。

"更糟糕的是,我们的社会在偷偷地逃避色彩。假模假式地用白色装饰了大部分墙面,用近似黑色的灰色填充着我们的衣橱。"夏洛特补充了一句。

收音机里,一则令人不解的消息打断了他们的对话。

"一种奇怪的现象似乎发生在世界各地。今后,众多名胜古迹将变得色彩斑斓。雅典的帕特农神殿将变为红、蓝、金三色。凡尔赛宫的围墙将被粉刷为蛋壳色。我刚刚得知,蒙娜丽莎已经完全换了模样。她的美人痣特别粉嫩,双颊泛着红晕,眼睛是淡焦糖色的,远景是闪亮的天蓝色。"

"这是本来的颜色!"阿尔蒂尔惊呼。

车上安静下来。每个人都在试图搞清楚发生了什么。

"或许它们一直就是如此,是你们不再注意它们了?"夏洛特猜测着。

又是一片空白。

"你想说颜色很多年前就开始偷偷消失了,"阿尔蒂尔问,"因为,我们不再关注它们?我们变得对颜色越来越不敏感?

---

[1] 彼埃尔·德·龙萨(Pierre de Ronsard,1524—1585),法国诗人,《亲爱的,一起去看那朵玫瑰》是他最著名的十四行诗之一。

直到它们完全消失,我们才察觉到?"

"或许是的。既然你们又能够重新分辨颜色了,你们的感官就变得和我们的祖先,还有所有那些一直能看见颜色的动物们一样灵敏了。当然,这只是猜测,"夏洛特继续说,"科学家们是这样向我们解释的,颜色是先后被我们的视觉系统和大脑皮层吸收和处理的光波。但是,如果我们专心看同样的颜色,这些光波能够刺激大脑的很多区域,使我们非常局部地感知到它们。颜色具有一种力量,能够使我们赞叹,使我们惊讶,使我们获得安慰,使我们振奋,使我们放松,使我们感动,使我们更有创造力,就是通过这种方式,它甚至辐射到我们生活的环境。你们试着想想,有人送花的时候、你们专心致志欣赏花朵颜色的时候所感到的愉悦。"

阿尔蒂尔想起夏洛特曾经拒绝了他的花,但他什么也没说。

"在拉丁语中,颜色和 celare 这个词有同样的词源,意思是隐藏,"夏洛特接着说,"想要感受到颜色的奥秘,光看见是不够的,还要仔细看。"

"或许神灵们感到恼火,因为我们越来越忽视他们作为调色师所完成的了不起的工作。他们就是想让我们明白这一点。"皮尔丽特一边冲过一个金黄色的交通灯,一边说。

"谁知道呢?无论如何,我们知道颜色只是幻象。比如,紫色和红色,是光谱上距离最远的颜色,怎么会让你们感觉如此接近?神经学家新近才了解到,对紫色敏感的大脑皮层区临近接收红色刺激的大脑皮层区,这两个区域都具有轻微的多孔性。"

"我呢，我还有另一套理论！"阿尔蒂尔说，"在制造彩色铅笔的笔芯时，尽管加入了颜料，笔芯仍然是白色的，只有接触到显色剂，笔芯才能具有颜色。你以独特的方式，对于颜色拥有一种深刻的洞察力。你一定把这种感受力遗传给了你的女儿。再加上他父亲的联觉天赋，还有孩子天真的眼睛，完美地起了作用，露易丝最终成为颜色的发现者。"

"我也不清楚……我唯一知道的是，关于我们的感官，还有很多未知的发现等待着我们。或许有一天，科学能对这一切做出合理的解释。"

"你们是否同意，我们拐个弯去趟巴黎圣母院？我现在特别想看一看它的样子，"皮尔丽特问，"大家都同意啦？好嘞，我们出发！"

视线里没有任何穿蓝色制服的人。她打开转向灯，倒打方向盘，转了一个急弯，压到了白线。2CV 差点翻车，奇迹般地四轮着地。

《世界报》官网显示
法国总统刚刚宣布洒红节① 成为法定假日。

---

① 洒红节又称"胡里节"、"色彩节"，是印度等地的传统新年。

房客们互发了消息，在七百多年前建造的教堂前，所有人一起重聚在广场上。他们惊喜地发现两座钟楼的柱子变成了朱红色。玫瑰窗，现在是橘色的，给人以轻盈和上升的感觉。三个精雕细刻的门廊现在完全以朱红色和金色为主色调。镶嵌的孔洞上闪耀着火红的颜色。在更高一点的地方，二十八幅雕像带有彩色的装饰，深蓝、绿色、金色，还有珊瑚红，它们正发出神圣的邀约。巴黎圣母院白色的骨架重新找回了它的血肉之躯。

　　"我们走。"吕西安兴奋地说，因为他知道，最漂亮、最壮观的变化在教堂内部。

　　"给我讲讲都有什么颜色，阿尔蒂尔。"夏洛特一边问，一边挽着他的胳膊。一进去，她就感受到一种微微潮湿的清新。

　　"到处都是彩色的！所有的墙，所有的立柱、拱顶石、天花板。色彩无处不在。太多的蓝色、绿色、黄色、橙色、红色、金色。颜色好鲜艳！光线都不真实了。彩色玻璃窗似乎都是荧光的。人们沐浴在色彩之中。"

　　"就像在夜总会吗？"

"一个有点特别的夜总会,在装饰方面……唱诗班周围,有一组彩色木雕。上面刻着连续的图画,颜色绚丽,是福音书里的故事。"

"这是一节教理课,针对不识字的人。有点像漫画的始祖。"

"一组颜色分外鲜艳的漫画。"

"人们成功地用石印术将它们再现出来,就像好的复印机那样。"

阿尔蒂尔看见了一个熟人。

"你猜猜祭坛前面是谁?"

"谁?"

"巴黎大主教!"

"我们过去打个招呼。"

夏洛特紧紧抓住阿尔蒂尔的胳膊,他们在主道上行走。他感到很幸福。他已经有好几个月滴酒不沾了,而且没有感觉到任何对酒精的需要。毫无疑问,肝脏和心脏之间是相通的……

他注意到,所有的住客都坐在第一排整齐排列的椅子上。大主教身披紫色披肩,安详地迎接着他们。夏洛特感觉到他的存在,低下头,以示尊敬。

一秒钟以后,当管风琴开始演奏时,阿尔蒂尔意识到了一切。在神圣的祭坛前,他正站在一个神父面前,手里挽着一位穿婚纱的女人。这是计划好的一幕,他想。他感觉到自己身后的目光。他们所有人都知道颜色会重新出现，他们早就预料到转向巴黎圣母院的急弯。他盯着夏洛特迷人的侧影，她感受到他的目光，眨了一下眼。她呢，她带着他在教堂里逛了一大圈，就在这个时候，其他人刚好坐下来。阿尔蒂尔看到了索朗热，她坐在房客们中间，正用指尖向他飞吻。下一秒，他猜是露易丝来到了他身边，她困难地拖来一个几乎和她一样高的丽春花红的靠枕，上面放着两枚柠檬黄的金戒指。

"我什么都没看出来，真的什么都没有看到，"他想，"如果她愿意把她的眼睛借给我，那我该多幸运！"

"我愿意！"大主教的礼冠散发出紫红色的光芒，在他仪式性的问题提出之前，阿尔蒂尔幸福地欢呼着。

做彩色的梦,这是幸福的真谛。

——华特·迪士尼

致　谢[①]

感谢我的妻子埃洛迪，最美的缪斯女神。

感谢我的女儿卡皮西纳（她特别特别喜欢这个故事，除了让她受折磨的恋爱桥段，这位缪斯女神如是说……）

感谢安娜·帕夫洛维奇，就像在我的第一部作品《颜色的力量》中那样，她给予我信任，全部的力量和关照，使这部作品能够与读者见面。

感谢路易丝·达努，我的文学导师，用她无限的才华，削尖了这些铅笔。（她说，如果有一天她不再穿黑色，我也将不再感到绝望。）

感谢语言学家贝特朗·韦里纳，朗格多克-鲁西永盲人和弱视协会主席，感谢埃尔韦·里阿尔教授和雕塑家多丽丝，他们的建议，不仅仅帮助我完成了对盲人角色的塑造。

感谢美术指导弗朗索瓦丝·迪尔凯姆，这个漂亮的、可以涂色的封面要归功于他。

感谢我的第一批读者，索菲·博里，丹尼丝·布特，安

[①] 出自本书法语版。

娜-塞西尔·朗雄，比比安娜·德尚，洛尔·武泽罗，安妮·莫拉尔-德富尔，桑德里娜·克尔-比佐，多萝泰·罗斯柴尔德，塞林娜·皮沃，艾尔万·勒塞ж，科琳娜·昆汀，你们的鼓励让我卸下了重负（没有什么比写完一本小说等待朋友的评价更令人焦急）。

感谢阿兰·坦西，最伟大、最挑剔的经纪人。

感谢帕斯卡尔·莫拉雷，我的"阿韦龙"日本"兄弟"。

感谢阿尔蒂尔，和他花哨的印度裤子。

感谢所有我没有在这里提及的人，因为他们像这些我最亲近的人一样，对我无限宽容。

最后，感谢布莱叶盲文翻译中心的负责人阿德琳·库尔桑。因为有了她，这本书能够用盲文完成预出版，献给从未看见过，却能够用心感受到色彩的读者。所有对这本书有所贡献的人都为此感到幸福和骄傲。

颜色与治愈（译后记）

《颜色去哪儿了》讲述了一个失而复得的故事，故事的开始是日常生活最寻常的翻版，男主阿尔蒂尔的人设也是个再普通不过的普通人，在经历过一帆风顺之后，跌落到人生的低谷，失业、酗酒、自暴自弃，暗恋着他的邻居却不敢表白。相形之下，女主夏洛特的人设似乎有些不同寻常，盲人、色彩专家、单身、妈妈，这些彼此对立的词语构成了她的身份。夏洛特在广播电台工作，作为从未见过颜色的人，却比任何人更加珍爱这个五颜六色的世界。她不断地在广播中引导人们放弃黑白灰的单调，构筑一个色彩丰富的世界，她的"珍视"与我们的"无视"形成了一种张力。就在我们意识到颜色之于生活的意义，即将开始反思的时候，作者狡黠地一笑，就像一个残忍的魔法师，挥舞着魔法棒，将我们的视锥细胞遮挡起来，一瞬间，人类堕入了一个消色的空间，整个世界成了一个现代人的衣橱，各种款式、各种质地的衣服堆积在一起，颜色却只有黑白灰。为了跟上作者的思路，我拼命回忆了老电影中的画面，然而，电影始终是美的，白的通透，黑的深沉，现实生活若是被剥离了色彩，或许更像一张被浸湿过的旧报纸，你和我都变成了报纸上某一张黑白照片的样子,皮肤和五官失去了明艳,就像晕开的油墨,看不出轮廓。周遭的世界更是混沌成一片,事物与事物不再有边界,除了几抹黑白色,一层又一层的浅灰和深灰,模糊了一切。

在这个缺乏质感的世界里,表面看来,是色彩背弃了我们,然而,《颜色去哪儿了》提出了一个有趣的观点:看见,不等于看。所以,也可能是我们忽视了颜色。颜色,其实一直存在着,只是我们的双眼变得麻木,头脑变得迟钝。黑白灰主导的时尚赶走了鲜艳的服装、彩色的墙壁和色彩饱满的老爷车。对于颜色,我们其实一直视而不见。

那么,除了颜色,那些一直存在的,最质朴、最寻常,却最珍贵的事物,我们对它们视而不见,又有多久了?

寻找消失的颜色是《颜色去哪儿了》的故事主线。作者穷尽想象,构建了一个没有颜色的世界,金发碧眼的美人失去了姿色,吃饭变得味同嚼蜡,城市的交通乱作一团,连黑夜和白天也模糊了界限,每个人的目光里只有"空洞的世界,灰暗的,就像被微小的灰烬铺满了表面"。颜色的消失,似乎带走了每个人生命里最鲜活的部分。人们求助于宗教,求助于旅行,甚至求助于毒品,以此缓解对颜色的渴望。故事的结尾,一道彩虹出现在巴黎上空,所有的颜色失而复得,人们的视锥细胞在经历过对颜色的极度"饥渴"之后,变得异常敏锐,巴黎圣母院里,"到处都是彩色的!所有的墙,所有的立柱、拱顶石、天花板。彩色无处不在。太多的蓝色、绿色、黄色、橙色、红色、金色。颜色好鲜艳!光线都不真实了。彩色玻璃窗似乎都是荧光的。人们沐浴在色彩之中。"

在失去与追寻之间,作者的构思极富层次感。颜色的消失从黄色开始,巨大的恐惧蔓延开来,很快,所有的颜色同时消失了,随之而来,恐惧变成了绝望。颜色的复现,始于粉色,继而是红色,然后是绿色和蓝色,直到紫色。在颜色的逐步回归中,作者用深情的笔调描述了每一种色彩之于人类的意义:当我们"看到一大片粉色时",与我们"凝视着幸福的画面时,大脑活跃的区域是相同的",因此,粉色总是带给我们幸福感,让我们在失落时获得慰藉;红色是大多数文化中最美的颜色,带给我们激情,但是红色也"能够刺激我们大脑的动物性,唤醒我们的性冲动,使我们恐惧或者暴力";绿色和蓝色能够使人获得希望和安宁,"就像所有的冷色一样,绿色能够减缓动脉血压、脉搏、呼吸的节奏,能够使人放松,同时又像所有的暖色一样,绿色能够使人集中精神和获得力量";紫色代表着尊贵和信仰,能够让迷失的人找到方向。

每一种颜色重新出现就像在黑暗的天空中点燃了一抹单色的烟火,绚丽却微弱,很快就一闪而过。直到小说的结局,故事进入了高潮,所有的烟火一齐绽放,点亮了整个夜空,盛大而又华丽。作者还假想了一个色彩异常丰富的世界,在这个世界里,蒙娜丽莎长着粉嫩的美人痣,"双颊泛着红晕,眼睛是淡焦糖色的",埃菲尔铁塔是粉红色的,帕特农神殿是红、蓝、金三色的……最终,他让我们意识到,每一抹颜色都是独一无二的,每一抹颜色都值得绚丽,只有所有的颜色同时存在,世界才能够实现均衡与和谐。

《颜色去哪儿了》是一部温暖的小说,从始至终都洋溢着脉脉温情。小说中无论是主要人物还是次要人物,他们都不是命运的宠儿,他们中的一些人或许在某方面比普通人要顺利一些,比如,阿尔蒂尔曾经是一家跨国公司优秀的销售代表,夏洛特是神经科学领域杰出的色彩专家,夏洛特的父亲也曾经执法过世界杯的顶级比赛,还有出身于印度贵族的阿杰伊,在加斯东·克吕泽尔工厂工作了几十年的索朗热……然而,他们每个人又饱受过生活的摧残,历经过种种磨难:阿尔蒂尔的父母分道扬镳,他失去了女友,失去了工作,失去了大好前程;夏洛特从出生起就失去了母亲,先天性失明;她的父亲吕西安,因为"上帝之手"失去了国际足联的信任,在一次出海时失去了自己的妻子;阿杰伊为了成为一名纽约市的出租车司机,几乎与家庭断绝了联系;而索朗热,人到晚年,孤身一人,不得不离开心爱的工厂,被迫退休……故事就在这样的基调下展开,小说中的每个人物都是孤独的,残缺的,既无力,又绝望，甚至最亲的人之间也存在着隔阂，比如，阿尔蒂尔和他的父母，比如，索朗热和她始终缺席的儿子。

他们的人生轨迹原本平行，每个人在各自的空间饱尝着生活的苦楚，尽管时有交流，却谁也无法走近谁，直到颜色的突然消失和意外回归促成了他们的交集，让他们彼此靠近，相互温暖。故事的大结局：阿尔蒂尔和夏洛特走进了婚姻的殿堂，夏洛特的父亲在追寻颜色的过程中与过往的苦难达成了和解，阿杰伊遇见了他的小公主露易丝，而索朗热也在老年公寓找到了自己晚年的归宿，不再感到孤单。

这是一个真正意义上的大团圆结尾，每个人因为找到了爱与陪伴，填满了灵魂上的空洞，从而变得完整。萨特说"他人，即地狱"，然而，人类就是这样一种矛盾的存在，一边流行着社交恐惧症，一边又如此害怕独处与寂寞。或许，彼此之间温暖的陪伴，与保持着心灵上的自由，从来就不矛盾。

作家们时常带着哲学家的严谨和深邃写作，毫不留情地将现实世界的美好统统击碎，给我们带来深刻的痛感，我一向喜欢这样的作家，觉得他们比普通人对这个世界怀有更多的爱意，正是那些爱意触动了他们的痛感，也成就了文学的不朽之作。然而，文学不仅需要经典，需要深刻，需要实验和革新，同样也需要温暖、真诚和单纯。《颜色去哪儿了》正是这样的小说，它篇幅不长，结构轻盈，既不是中规中矩的传统小说，也不具有现代、后现代小说的实验性，小说的文学性不那么强，作者完全没有完成一个宏大叙事的野心，相反，正是这种质朴，将小说引向了一种"回归"，让文学回归到文学最柔软、最本真的一面，即治愈。

小说讲述了一场前所未有的灾难，叙述却始终没有陷入灾难片的冷峻与恐怖之中，相反，整部小说的节奏轻快，笔调幽默，更像是一场光怪陆离的冒险，饱含着欢快与轻松。处在人生低谷的男主角阿尔蒂尔，摇身一变，成了拯救世界的大英雄，甚至像动作片里的男主角一样，屡次从职业罪犯手中逃脱，与此同时，这种英雄行为并不影响他乌龙百出带来的喜剧效果，橄榄球赛中收获的塌鼻子，遭遇罪犯时的一丝不挂，时不时被当作流浪汉的尴尬……这种幽默在次要角色的身上也体现得淋漓尽致，最终拉进了人物与读者的距离，仿佛拯救世界的他们就是我们中的一员，而最平凡无奇的我们也可能随时因为某种变故成为拯救世界的英雄。直到小说的结尾，伴随着叙述的终结，饱满的色彩与人物的命运相互呼应，完成了浓墨重彩的最后一笔，一种质朴却醇厚的幸福感油然而生，至此，作品实现了文学治愈现实的基本功能，并最终完成了向文学本真的一次回归。

在颜色消失以后，小说中有这样一段描写：

人群自发地聚集在巴士底广场上。形形色色的音乐家和艺术家、哈雷戴维森车手、哥特爱好者、建筑师、设计师、室内装饰师、广告设计师，总之，那些很久以前就已经穿着一身黑的人都在那里。如果有路过的人不知道颜色消失的事情，来到这里，他一定不会注意到有什么特别之处。这次自发游行的色调终究与我们这个时代所有西方人游行的色调大抵一致。阴沉的天空下混凝土广场上由灰转黑的一幅单色画，在巴黎没什么太特殊。巴黎人的面色也是如此，和天空融为一体。

即使这样的游行对于中国读者并非司空见惯，我们依然不难想象出这幅画面，黑白灰的色调蔓延在城市的各个角落：被雾霾侵蚀的天空，坚硬冰冷的灰色建筑，还有不断延伸的柏油马路……值得惋惜的是，我们的眼睛长久地注视着灰色，却没有因为乏味，分外珍惜那些更加鲜活的色彩，正如我们日复一日经历着一成不变的生活，却并没有因为枯燥，格外在意那些点缀着生活的小确幸。或许我们时不时也会放下一切，奔向一个旅游胜地，人为而刻意地中断单调的日常生活，但我们始终再没有时间和心情去专心等待一场雨停下、一朵花绽放，于是，我们终究在忙忙碌碌中，距离生活最原始、最自然的一面越来越远。小说中，我们失去的是颜色，生活中，除了无视那些嫩绿、鲜红、艳粉、金黄……我们还错过了什么？

我深深相信，每一个写故事的人都是天使。至于那些五颜六色的幸福，如果你在现实中已然忘却，不如，翻开这本《颜色去哪儿了》。

焦君怡